KB139145

이태리에서 수도원을 순례하다

리토피아신서 · 24
이태리에서 수도원을 순례하다

인쇄 2020.10.05 발행 2020.10.10
지은이 유시연
펴낸이 정기옥
펴낸곳 리토피아
출판등록 2006. 6. 15. 제2006-12호
주소 22162 인천 미추홀구 경인로 77
전화 032-883-5356 전송 032-891-5356
홈페이지 www.litopia21.com 전자우편 litopia@hanmail.net

ISBN-978-89-6412-137-5 03810
값 14,000원

이 도서의 국립중앙도서관 출판예정도서목록(CIP)은 서지정보유통지원시스템 홈
페이지(http://seoji.nl.go.kr)와 국가자료종합목록 구축시스템(http://kolis-net.nl.go.
kr)에서 이용하실 수 있습니다. (CIP제어번호 : CIP2020040747)

유시연 기행에세이

이태리에서 수도원을 순례하다

차례

아씨시

낯선 거리에서

수녀원과의 인연

긴 여정이다.

영하 50~60도, 11km 높이 하늘에서 보낸 시간 13여 시간. 다 빈치 공항에 내리니 어질어질하다.

이층 기차를 타고 로마 시내로 가는 저물녘, 노을이 붉었다.

로마 이튿날

지난밤 늦은 시간에 수녀원 문을 열어준 노老 수녀님, 영어로 소통이 안되어 그림을 그려가며 애 쓴 끝에 겨우 서로 알아 듣고 열쇠키를 받아 좁은 엘리베이터를 타고 이층으로 올라갔다. 의사소통은 어려웠지만 두 분 수녀의 밝은 미소가 아름다웠다.

숙소는 아주 소박했다.

유럽의 수도원은 운영이 어려워 고난을 겪기도 한다.

중세시대에는 귀족의 후원으로 수도원을 꾸려갔다.

한눈에 보기에도 숙소는 낡아보였다.

여행자 숙소의 비용이 싼 편은 아니다. 세금 포함하여 이틀간 20만 원 정도, 아침식사가 포함되어 있기는 하다. 삐거덕거리는 옷장, 꾸물대는 형광등… 단출한 아침식단… 요구르트, 빵, 에스프레소커피, 잼, 우유… 아오와 앉은 옆좌석으로 폴란드, 스페인

아델수녀원성당 / 아델수녀원 아침식사

단체여행자 좌석이 비치되어 있다. 아마도 부활절을 맞아 바티칸을 찾는 사람들이리라.

식당 벽 성모자상 복제그림이 아름답다. 피에타 조각상을 상징한 그림인 듯.

마리아의 전교자 프란치스코 수녀회

로마에 도착한 다음날 아침, 나는 일생을 두고 꼭 한 번은 가보아야 할 장소를 찾았다. 콜롯세움에서 가까운 거리에 있는 수도원은 나와 떼려야 뗄 수 없는 관계에 있다.

마리아의 전교자 프란치스코 수녀회. FMM.

내 청춘의 열정이 집약된 공간이며 인생을 통틀어 잊을 수 없는 인연이기 때문이다. 로마 중심부 오래된 건물이 서 있는 한복판에서 수녀원 건물을 찾아 들어선 순간, 맞은 편 입구 벽에 걸려 있는 창립자 어머니의 초상화가 눈에 확 들어왔다. 비로소 제대로 찾아왔구나 싶어 안도의 숨을 돌린 것도 잠시 사무실 의자에 앉아 있던 중년의 여성에게 한국인 수녀를 만날 수 있느냐고 물었더니 어디론가 인터폰을 한다. 그러고는 곧 한국인 수녀는 얼마 전 본국으로 돌아갔고, 한국 수녀는 아무도 없다고 대답한다. 낙담한 얼굴로 서 있는데 잠시 기다려보라고 하더니 다시 인터폰을 한다.

중년 여성이 한국말을 할 줄 아는 수녀가 내려 올 거라고 말해서 기대와 호기심에 가슴이 설렌다. 누굴까. 한국에 파견됐던 수녀일까. 느낌이란 참 묘한 법이다. 짧은 순간 나는 부산에서 함께 살았던 스페인의 이냐케 수녀를 떠올리고 있었으니 말이다. 그런데 정말로 이냐케 수녀가 내 눈앞에 그것도 33년이라는 시간이 장막을 걷어내고 나타난 것이다. 우리는 서로를 단박 알아보고 다가서서 포옹을 한다.

"수녀님, 저 레아인데 알아보시겠어요?"

"그럼요, 레아를 왜 모르겠어요."

"정말 반가워요."

"레아, 잘 왔어요."

이냐케 수녀가 옆에 서 있던 다른 수녀에게 나를 소개한다. 그 수녀가 환한 미소로 나를 안아주며 볼을 맞대고 소리가 쪽 나는 인사를 한다. 양쪽 볼을 맞대고 인사가 끝난 후 두 손을 맞잡는다. 뒤에 뻘쭘하니 서 있던 아오를 인사시켰다. 이냐케 수녀는 환한 미소로 아오를 맞아준다.

인사가 끝나고 그녀를 따라 긴 복도를 지나간다. 조용한 복도 양켠에 문이 있고 그 중 빈 방으로 안내해서 들어가니 탁자가 놓여 있고 의자 서너 개가 있다. 이냐케 수녀가 오렌지 주스를 가져와 따라준다.

그녀는 다시 우리를 위해 수녀원 구석구석을 안내한다. 무성한 마로니에 나뭇가지가 밝은 햇살 가득한 정원에 서 있고 둥그런 분수대에서는 흰 물줄기가 치솟는다. 오렌지 나무가 빼곡하니 서 있는 정원 끝에 아치를 이룬 나무가 있고 성모상이 서 있

FMM수녀원 성당

FMM수녀원 정원 / 로마수녀원오렌지정원

다. 성모님께 잠깐 인사를 드리고 대성당으로 간다. 대성당은 전체적으로 흰색이 지배적이어서 깔끔하고 모던한 느낌이 난다.

잠깐 기도를 드리고 이냐케 수녀를 따라 창립자 수도원장의 무덤이 있는 장소로 이동한다. 초기 수도공동체로 사용하던 작은 성당이 있고 그 옆에 석관이 놓여 있다. 창립자, 마리 드라 빠시옹 어머니의 초상화와 관 앞에서 무릎을 꿇고 묵념을 한다.

이냐케 수녀가 저녁미사 시간을 알려준다. 오후 6시. 미사는 느리고 고요한 강물이 흐르는 듯했다. 귀국 전 이틀 숙박을 허락받고 다른 수녀회 숙소로 돌아왔다.

골목

로마는 느리게 흐르는 도시다.

호텔이나 수녀원 숙소나 묵직한 자물쇠키를 돌리고 돌려서 문을 연다. 디지털 키에 익숙해진 나는 로마식에 적응하는 중이다. 버스를 타거나 십 리씩 걷는 것은 예사다. 둘레길을 걷듯 하루종일 걷고 또 걸으며 오래된 도시의 냄새를 향유한다.

천 년 혹은 이천 년 된 유적 위에 현대건물이 들어서 있고 아직도 곳곳에 유적발굴이 진행 중이다.

오래된 벽이나 돌틈에 씨앗이 자라고 꽃을 피운다.

로마에는 대형마트가 없다.

도심지 골목이나 도로변에도 큰상가가 없다. 건물벽을 따라 간

아씨시 프란치스코전교수녀원 복도의 성모상 / 콜롯세움

판이 잘 보이지 않는 곳에 있는 가게는 평수가 작지만 식의주 생활에 필요한 것들로 구비되어 있다. 주택가 골목마다 식당, 구두점, 빵집, 약국, 이불가게 등을 주민들이 이용한다. 골목의 바나 레스토랑에는 그 마을 주민들이 파스타나 피자, 혹은 커피나 와인을 마시며 담소를 나누는 풍경이 오래된 풍경처럼 친밀하다.

주택가 뒷골목을 걷다보면 피자 굽는 냄새, 빵굽는 냄새가 풍겨온다.

바티칸미술관

바티칸미술관에 입장하려고 길게 줄을 선 사람들에게 암표상이 접근한다. 대부분 흑인계인 암표상 청년들은 유독 아시아인에게 접근하여 끈질긴 설득을 한다. 예약을 안하고 온 탓에 무작정 기다린다. 바티칸성당에 들어가려는 광장의 긴 줄을 목도하고 난터라 한 시간쯤은 기다릴 참이다.

몇 년 전에 왔던 바티칸은 그때와 다름없이 순례자와 여행자들로 붐볐다. 이날은 동유럽이나 남유럽 깃발부대 단체객에게 밀려 시간이 더디게 갔다.

문득 내 인생이 복기되는 느낌이다. 같은 장소에 다시 오다니… 외씨버선길을 걸을 때 영주에 다시 갔을 때도 그런 느낌이었다. 같은 장소를 다시 갈 확률은 얼마나 될까.

지중해의 밝은 봄볕은 화가들에게 색채의 영감을 불어넣었으

유시연의 기행에세이

골목에서

바티칸미술관 천장 벽화 / 헬레나성녀 석관-바티칸미술관

리라. 시스티나 천장 벽화를 보며 미켈란젤로나 라파엘로 같은 화가들을 떠올린다. 천지창조와 낙원추방 그림은 촬영금지라서 담아오지 못해 아쉽다. 많은 비용을 들여 예술 작품을 구매한 교황들, 또 전임교황의 뒤를 이어 예술품을 사고 전시공간을 확보한 후임교황 이야기는 놀랍다.

아씨시

아씨시 수녀원에는 한국인 수녀가 있다. 갖고 간 누룽지를 좀 드릴까요, 했더니 아니 그 귀한 것을? 그러며 좋아한다. 안식년 여행 중인 부산 신학대학교 미카엘 신부가 앱을 깔아주고 몇 시간 동안 네 번에 걸쳐 열이틀치 호텔 예약을 마무리해준다.

십 년 전 로마에서 유학한 미카엘 신부님의 유창한 이태리어에 동행하여 미네르바 신전이 있던 자리, 그 앞 광장에서 와인, 에스푸레소, 오렌지주스를 마셨다. 괴테가 이탈리아 기행 중 감탄했다는 노천 바라고 미카엘 신부님이 설명해 준다. 모든 신들을 위한 신전인 미네르바 신전은 현재 성당으로 사용되고 있다. 이천 년이 넘는 신전 터에 세워진 1300년 된 성당 건물이 담백하고 밝은 색조로 이방인을 맞아준다. 유한한 삶, 짧은 생의 도정에서 바라보는 오래된 신전은 무심하고 편안하다.

이천 년 전의 건물과 세계에 잠겨 있다 나와 주교좌 성당으로 향한다. 프란치스코 성인과 글라라 성녀가 세례를 받은 성당에

아씨시 도미니코수도원

도착했을 즈음에는 저녁해가 기울어지고 있었다.

성당 안에는 고백실마다 붉은 등이 켜져 있고 사람들이 줄을 서서 대기하고 있다. 언제 고해를 했더라. 까마득하다. 마음을 가다듬고 앞사람의 뒤꼭지 뒤에 선다. 차례가 오자 잉글리쉬로 시작을 한다.

프롬 사우스꼬레아, 인천 시티… 파더, 아임소리, 에에에, 코리언 스피치… 하고 싶었던 말들, 표현하지 못했던 언어들, 가슴속 맺힌 이야기들을 조곤조곤 이태리 노老 신부 앞에서 고해를 한다. 울고 싶었던 순간에 울지 못하고 안으로 삼키며 살아온 날들, 사랑, 이별, 아픔, 상처, 고통의 시간을 조곤조곤 이야기한다. 우리말 한국어로 이야기 하는 동안 노신부는 인내를 갖고 들어준다. 노신부가 알아들었는지 못 알아들었는지는 중요하지 않았다.

노신부는 말한다.

"프랑스, 이딸리, 잉글리쉬….."

"잉글리쉬 스피치."

노신부가 천천히 또박또박 잉글리쉬로 말을 하고 사죄경을 읊고 잘가라는 평화의 인사를 한다. 고백성사를 보고 골목을 돌고돌아 숙소로 돌아왔다.

아씨시 프란치스코 성인 유해가 안치된 지하성당
아씨시 골목
아씨시 프란치스코전교수녀원 건물 입구
아씨시 -이천 년 전 지어진 미네르바 신전

아씨시 다미아노 성당 / 다미아노 성당 가는 길

아씨시 벼룩시장 / 아씨시의 다양한 빵 종류 / 거리의 꽃가게

바실리카성당

부활절 밤미사와 낮미사에 동참했다.

프란치스코 성인의 무덤 위에 세워진 대성당 입구에는 총을 든 군인들이 군용차를 세워놓고 일일이 검색을 한다. 로마시내 곳곳에서 군인들이 지키고 있었는데 아씨시도 성당에 들어가려는 사람들을 검문 검색한다. 테러 위협으로 이태리도 불안정하다. 특히 대중이 모이는 장소는 경계가 삼엄하다. 국내에서 들려오는 소식도 심란한데 지구촌 어디나 안심할 곳이 없나보다. 터키에서는 얼마전 IS 테러로 미사 중이던 콥트 교회 신자 50여 명이 죽은 사건이 있었다.

부활 대축일 미사는 꼰벤뚜알 수도회 총장이 중심이 되어 집전하고 한국인 신부 두어 분이 보였다. 두어 분이라는 다소 애매한 표현은 아시아계는 맞는데 일본인 신부인지 중국인 신부인지 알 수 없어서였다. 미카엘 신부도 제의를 갖춰 입고 미사집전에 동참했다. 아프리카와 그 외 여러나라 신부들이 있었다.

웅장한 파이프오르간 소리가 높은 천장 돔을 휘돌아 울려퍼진다. 성가대를 지휘하는 수사신부의 희끗희끗한 뒷머리가 보이는 가운데 그의 열정 가득한 지휘가 눈에 띈다.

1독서, 2독서를 수녀가 한다. 신의 제단은 봉헌된 자들의 몫이었다. 2차 바티칸 공의회 이후 평신도 사도직의 중요성이 강조되어 평신도의 참여가 활발해졌지만 그 이전에는 오직 축성된 신분만이 신의 제단을 밟을 수 있었다.

프란치스코가 영면한 천사의 성마리아 성당
프란치스코가 부친으로부터 감금당했던 곳

아씨시 바실리카 대성당. 혹은 프란치스코 성당 / 아씨시 바실리카대성당 부활밤미사

불안정한 국내정세에 개인의 안위를 위한 기원은 이기적인 것인지도 모른다. 우리 민족을 위해 미사를 봉헌하며 기업가의 아들이지만 부유한 삶을 버리고 평생 가난을 실천한 프란치스코 성인의 발자취를 따라가본다.

낯선 거리에서

걷고 또 걷는다.
오래된 담장을 따라 걷다보면
삶의 유한성에 대해 영원성에 대해
생각하지 않을 수가 없다.
시간이 고여 있는 공간
느리게 흘러가는 고도에서 지나온 시간을 돌아본다.
내 생의 어디쯤에서 스쳐 지나갔을 풍경과
낯선 이름과 보편적인 정서를 느끼기도 하면서
강물로 흐르는 생을 고요히 응시한다.
오르막을 숨이 차서 헐떡이며 오르기도 하고
계단에 앉아 쉬기도 하면서
오늘도 나는 과거와 현재를 오가며 삶이
진행되는 한 모퉁이에 서 있다.
씨앗이 돌벽 틈새에서 자라나고
봄이 대지를 감싸안는 이 눈부신 빛의
향연 속에서 아찔한 어지러움에 눈을 감았다 뜬다.
천 년, 이천 년… 현재와 과거가 공존하는 도시에서
인간은 또 얼마나 미약한 존재인가.

로마 시내 뒷골목을 지나며 / 시에나 광장 잔디밭 엽서쓰는 필자

페루자에서의 하룻밤

멀리 구름과 맞닿아 있는 고원도시 페루자.
무슨 인연인지 페루자에서 하룻밤을 보낸다.
아씨시에서 기차로 30분,
페루자 기차역에서 모노레일을 타고 시내로 들어가는 길은
끝없이 높은 지대로 올라가야 한다.
무인시스템 티켓박스에서 표를 끊어 장난감 같이 생긴
공간에 올라타니 10여 명이 타기에도 빡빡하다.
도시와 도시, 이민족과의 전쟁에서 살아남기 위해
산 위에 성을 쌓고 그렇게 높은 지대에 요새를 쌓아
살아남은 흔적이 가는 곳마다 보인다.
도서관, 관공서, 광장이 해발 칠팔백 높이에 있어
바람이 많이 불고 몹시 춥다. 얇은 옷을 몇 겹씩 껴입어도
콧물, 눈물, 기침에 정신이 몽롱하다. 약국에서 주는 약은
비타민이 포함되어 있다.
호텔에 배낭을 맡기고 시티투어 버스에 오른다.
15인승 정도 되는 붉은 색 버스 안, 티켓박스에서
나누어준 이어폰을 끼고 선택한 언어, 잉글리쉬를 듣는다.
1인 14유로, 아오와 나, 두 사람을 싣고 미니버스는
느리게 고원도시를 한 바퀴 돈다.
좁은 골목을 돌아 나갈 때마다
푸른 하늘이 담황색 오래된 건물 사이로 투명하게 다가온다.

고원도시 페루자

엷은 분홍톤의 대리석 건물들이 오래 시간이 덧칠해져
밝고 따뜻한 느낌이다.
프란치스코, 도미니코, 베드로 같은 성인 이름을 딴
수도원과 성당이 있고 종탑에서는 잊지 않을 만큼 종이 울린다.
한 시간 가량 돌아본 고원도시의 광장에서 배회하다가
골목 안에 갇혀 있기도 하다가, 지나가는 행인들을 구경한다.
여성들이 늘씬하고 아름답다.

대부분 화장하지 않은 그녀들의 깊은 눈과 여유 있는 태도에서
어머니라는 존재, 인류 공통의 문제를 생각한다.

어머니의 존재, 생명, 연민, 휴머니즘 같은 어휘를 떠올린다.

피자의 원조 이태리에는 골목마다 피자가게가 성업이다.

화덕에 구운 빵냄새가 골목 어디에나 떠다닌다.

춥고 그늘진 골목에서 기타소리에 맞춰 노래부르는 남자와
눈이 딱 마주친다. 한참 서서 노래를 듣다가 2유로 동전을
기타 케이스에 넣고 사진을 찍어도 되냐고 묻자 흔쾌히 수락
한다.

그의 노랫소리는 울림이 있고 깊다.

이곳 사람들에게 1유로의 가치는 의미가 있다.

피자 한 조각, 커피 한두 잔을 사먹을 수 있다.

아오와 함께 일찍 호텔로 돌아오는데 하루가 쓰윽 지나가는
느낌이다.

아득히 먼 푸른 하늘과 맞닿은 산능선에 흰 눈이 덮여 있다.

설산에 둘러싸인 페루자에서의 하룻밤이 지나간다.

올리브나무 사이로

완행기차에서 내다보는 이태리 중부지역의 하늘이 투명하게
맑다.

밀밭과 올리브나무 사이로 지중해의 봄볕이 쏟아진다.

겉으로 보이는 전원풍경 뒤로 어디서나 마주하는 민낯을 본다.

테러의 위협으로부터 대성당 정문과 후문을 지키는 군인들,
중부지역 지진의 여진을 조심하라는 외교부 문자.

기차역 주변을 서성이는 남루한 행색의 거지,

가난한 이민자의 노동, 정착하지 못하고 떠도는 제3세계 시민
의 불안정한 삶이 도사리고 있는 이 땅에서 스쳐 지나가는

짧은 시간의 단상들.

50센트나 1유로를 준비하지 못해 화장실 문 앞에서 서성이며

5유로짜리 지폐를 들고 동전을 바꾸어줄 사람을 기다리는 시
간, 삶의 조건에 대해 인간의 부자유함에 대해 묵상한다.

예약한 호텔 여기저기에서 이 메일이 계속 날아온다.

체크인 예측시간을 알려 달라거나 전화 달라거나…

확인 메일 답장을 보내고 다음 일정을 체크한다.

아시시에서 만난 두 한국 아가씨는 각각 혼자 여행 중이라고,

개인여행이 처음인데 할 만하다고, 혼자서도 살 수 있겠다고
말해서 서로 웃는다.

한 사람은 피렌체, 또 한 사람은 베로나로 간다는 두 아가씨에게
커피를 사준다.

베로나는 로미오와 줄리엣의 배경이 되는 도시다.

영화로 알려진 후 관광지가 되었다.

멀리 설산이 보인다

피렌체, 그 두 번째 만남

레오나르도 다빈치, 미켈란젤로, 단테… 예술가를 길러낸 피렌체는 관광객들로 혼잡하다.

말을 탄 토스카나 주 대공 코시모 1세의 청동기마상이 서 있는 광장은 세계 각국 단체 손님으로 뒤덮여서 오래 전 설렘의 기억을 안고 있는 나에게는 좋은 추억마저 퇴색될 위기다.

이 지역에서 나는 녹색 대리석으로 지은 두오모 성당의 웅장함은 시간의 흐름에도 변함없이 유장하다. 가난한 예술가들을 후원했던 메디치가 이야기를 '로마인 이야기'에서 다룬 시오노 나나미는 로마인 남편과 이곳에서 30여 년을 살면서 왕성한 집필을 했다. 한때 한국인 독자들이 꽤 되었는데 그녀도 이제는 조용히 늙어가고 있을 것이다.

우피치미술관 앞에서 서성이다가 서둘러 인파를 피해 광장 외곽을 걷는다. 우연히 들어간 성당은 저녁미사가 조용히 진행되고 있다. 신자가 십여 명, 귀에 익은 알렐루야 멜로디를 따라 부르고 성체를 모시고 미사 후 한인식당으로 갔다.

여행 가이드 일을 은퇴하고 한인식당 궁을 차린 남자가 방금 미사에 참여한 성당에 보티첼리가 묻혔다고 말한다. 비너스의 탄생을 그렸고 시스티나 성당 벽화에도 손을 댄 그 보티첼리의 흔적을 만나다니… 한인식당 주인 남자에게서 여행정보를 듣고 계획하지 않았던 지미그냐를 머릿속에 입력한다. 어드레만에 맛본 한국음식이다. 제육, 된장찌개, 잡채를 시켜 깨끗이 그릇을 비

우고 골목 바에서 커피를 마시고 호텔로 돌아온다.

　유럽의 에어 비앤비 호텔은 끓여먹을 수 있는 도구가 갖춰져 있지 않다. 아침식사를 제공해주는데 완전히 호텔식이다. 에어 비앤비 호텔을 찾느라 시간을 좀 끌었다. 간판이 없어서 주소를 들고 건물 벽을 따라 번지를 찾아 가는데 레드, 블랙 글씨로 쓰인 번지 숫자 의미를 몰라 두 바퀴를 헤맨 끝에 레드는 상가 번지를

보티첼리가 묻힌 피렌체 온리 산티 성당

뜻한다는 걸 알게 된다. 중국 서안에서 묵었던 에어비앤비 숙소는 아파트 한 층을 빌린 가정집 형태로 세탁기, 냉장고, 끓여먹는 도구가 비치된, 그야말로 가정집이었는데 유럽은 좀 다른 것 같다.

방에 도착하기까지 묵직한 3개의 열쇠키가 필요하다. 바깥대문, 프런트 쯤 되는 사무실, 그리고 방… 로마에서부터 아씨시, 페루자, 피렌체에 이르기까지 디지털 키를 볼 수 없었다. 묵직한 열쇠로 방문을 여느라 몇 초간 낑낑댄다. 왼쪽으로 여러 번 오른쪽으로 여러 번 360도 회전을 몇 번 한 뒤 어느 지점에선가 덜컥하고 걸리는 소리가 나면 성공했다는 신호다.

지도를 잘 보는 지도박사 아오 덕을 톡톡히 본다. 장교 교육 받아서 잘 보느냐고 물었더니 생도시절 독도법을 공부했다고 간략하게 대답한다.

르네상스 화가

르네상스 시대 화가들은 나름 자부심을 느꼈을 터다. 그 시대에도 수많은 무명 예술가가 가난과 싸우며 평생 고독한 작업을 했다. 사후에 알려지기는 했으나 대다수 예술가는 생전이나 사후에나 외로움과 가난에 시달렸다.

그렇지만 뛰어난 예술가는 귀족의 후원이나 주교나 교황의 후원에 힘입어 마음놓고 자신의 재능을 발휘했고 죽어서는 성당

이나 수도원에 묻혔다. 많은 일반 시민들이 가족묘나 공동묘지에 묻혔고 성당에 묻히는 사람은 특별히 예외에 속한다.

신의 영역에 가까운 장소에 묻히려면 특별히 그림을 통해 재능을 봉헌하거나 성인들만이 혜택을 입는다. 매일 신의 제단에서 신에게 바쳐지는 찬미가를 들으며 안식에 들어간 영혼은 어쩌면 하늘과 땅, 천상과 지상의 경계에서 부활을 꿈꾸지 않았을까.

동양의 죽음에 대한 관념과 서구인은 다른 것 같다. 우리는 죽은 고인을 집에서 되도록 멀리 보낸다. 산 자와 죽은 자의 거리는 숨이 끊어지는 순간, 냉정하게 차단되고 막이 둘러쳐진다. 죽음을 가까이 두고 사는 서구 유럽인은 삶속에서 삶과 죽음이 자연스럽게 어우러질 수 있을 것이다. 서구 유럽인의 죽음 인식은 부활신앙과 관련이 있다고 본다.

삶과 죽음은 백지 한 장 차이이고 나는 늘 그 경계에 서 있다.

토스카나

아침을 거르고 기차역으로 향한다. 일방통행 길이라 택시 잡기가 어려워 빠른 걸음으로 20여 분, 산 지미그냐에 가기 위해서는 포지본시에서 환승을 해야 한다. 토스카나 지역의 마을과 주택 건물이 멀리 능선을 타고 형성되어 있다. 구릉지대에는 올리브, 밀, 유채, 포도 같은 농작물이 잘 가꾸어져 있는데 농민들이

토스카나

직접 저 너른 농지를 가꾸는지 혹은 외국인 노동력을 쓰는지 궁금해진다. 한국의 농촌은 외국인 인력이 없으면 유지하기가 어려울 정도로 변화가 있다.

고속도로변에는 한국에서 사라진 미루나무가 키를 키우고, 아카시아꽃, 조팝나무 흰꽃이 언덕에 가득 피어 흔들린다. 짙은 초록빛을 넓혀가는 대지에 햇볕이 쏟아지고 풍요가 나른하게 감싸고 돈다.

고대도시 산 지미그냐 중심 광장에 자리한 각진 돌탑이 몸체에 잡초를 키워낸 채 침묵의 시간을 견디며 이방인을 맞아준다. 단체 여행자들에게 끼어 성곽 꼭대기에 올라갔더니 토스카나의 구릉지대가 첩첩이 포개어져 주름 잡히듯 펼쳐져 있다.

드라마 신사임당 배경으로 나오는 토스카나 지역은 기름진 토지와 상업, 은행업을 배경으로 이웃도시와의 경쟁으로부터 건고한 위치를 확보하여 오늘에 이르고 있다. 1300여 년의 바람은 돌벽과 건물을 쓰다듬으며 부침의 흔적을 간직하고, 편안한 색채로 웅크린 마을의 지붕에는 비둘기가 터를 잡아 살고 있는 정경이 소박하게 시선을 잡아끈다.

기차를 기다리며-아오스딩(아오) / 산 지미그냐에서 만난 제임스 신부님-축복을 해주심

광장 계단에서 로만칼라 신부에게 축복을 청한다. 주저없이
성호를 긋고 축복을 하는 젊은 사제는 제임스 신부로 멕시코에
서 온 부모와 여행 중인 듯. 로마 홀리 하우스에 한국인 형제들
이 있다며 귀국 전 아침미사에 오라고 주소를 찍어준다.

어느 곳 어느 도시에나 오랜 세월을 지켜 온 성당이 있다. 지
미그냐에는 성 어거스틴 대성당 안 유리관에 아쑨따 성녀가 썩
지 않은 육신으로 누워 있다. 수도복을 곱게 입고 두 손을 앞으
로 모은 아쑨따 성녀의 얼굴위로 시간이 멈춰 있다.

한국에서 시신이 썩지 않는 무덤은 길지가 아니라 흉지로 여겨 후손에게 해가 된다는 믿음이 있다. 그럴 경우 대부분 이장을 한다. 육신이 썩어 흙으로 돌아가야 명당이라는 믿음은 동서양의 문화가 얼마나 다른지 알 수 있다.

움브리아의 아시시와 토스카나 지역에서 가톨릭 성인이 많이 나왔는데 그런 배경 때문일까. 이번 여정에는 썩지 않은 성인들을 많이 본다. 성녀 키아라, 아순따, 말가리다… 그들을 모셔두는 것은 예수 재림 신앙과 깊은 관련이 있는 듯하다. 예수 재림 때 온전한 육신으로 부활하리라는 믿음이 있다고 본다.

따가운 지중해의 봄볕이 온 몸에 파고든다. 햇볕을 피해 그늘에 들어서면 금세 냉기가 스며들며 추위가 에워싼다. 햇빛을 좋아하는 유럽인의 문화를 이해할 것 같다. 추위에 떨다가 계단에서 햇빛을 쬐는데 애리조나에서 온 두 여자, 제인과 쥬디가 말을 건다. 나란히 앉아 따뜻한 볕을 쪼이다가 사진을 같이 찍는다.

시에나

시에나 광장 잔디밭에 앉아 엽서를 쓴다. 이십대에 여행지에서 많이 해 본 엽서쓰기다. 2.5 유로면 미국, 아시아, 프랑스 어디든 보낼 수 있다.

어느 도시이든지 가장 큰 성당을 바실리카 두오모 성당이라 부른다. 시에나 두오모 성당은 피렌체 두오모 만큼이나 규모가

크다. 연한 분홍, 녹색, 흰색, 검정색, 자주색 대리석으로 지어졌는데 피렌체 두오모 성당보다 내부가 더 화려하다.

저녁 해가 기운다.

오래 걸어서 다리가 아프고 피곤해서 줄서서 기다리는 사람들 틈에 비집고 들어가 새치기로 버스를 기다리는데 눈 밝은 청년이 뭐라고 하며 뒤에 가서 서란다. 할 수 없이 맨뒤로 돌아갔더니 줄이 더 길어졌다.

다행히 좌석이 있다. 직행이나 완행이나 버스 비용이 같다. 아씨시에서 페루자로 이동할 때 넓고 편하게 가고 싶어서 1인 4유로쯤인가 더 주고 퍼스트 클래스, 일등석을 끊었는데 일반석이나 일등석이나 똑 같았다. 속았다, 싶어서 그 다음에는 무조건 세컨드 클래스, 일반석을 끊는다. 한국식 문화에 젖어 있다가 이들의 문화에 당황하기도 하면서 여정이 진행 중이다.

미켈란젤로 언덕

미켈란젤로 언덕에 다시 선다.

오래 전 두오모 성당이 내려다보이는 이 언덕에 단체 여행팀에 끼어 정신없이 따라다니던 기억이 새롭다. 같은 장소, 비슷한 시간대, 같은 자세로 사진 포즈를 취하는 내 주위로 한국인유학생 청년들이 있다.

피렌체 두오모 성당 /피렌체의 대리석 조각

시에나대성당 / 시에나대성당 돔

아오와 함께 사진을 찍는다. 밀라노에서 성악을 전공하는 소프라노 솔지 양이 사진을 찍어준다. 가죽, 요리, 음악, 디자인을 공부하러 온 한국 청년들을 만나 유쾌하다. 만원 버스에 시달리며 언덕에 올랐는데 젤라또 축제가 한창이다.

두 번 다시 오기 쉽지 않은 곳에 다시 오게 된 것도 인연일까. 우리 동네 할머니 덕천댁은 고희 연세에 이르기까지 한 동네에서 나고 자라 결혼하고 자식을 키우고 얼마 전 칠순잔치를 하기까지 마을 밖을 한 번도 나가서 살아본 적이 없다. 할머니의 인생은 마을과 마을 밖을 흐르는 강과 멀리 능선이 겹겹이 포개진 산골짜기 안에서 평생 갇혀 지낸 셈이다. 할머니의 세상은 마을과 강과 마을을 휘두른 산이 전부인 인생이다.

루벤스 그림에는 꼬레아 남자가 있다. 작가 오세영은 그 그림을 토대로 임란 때 일본을 거쳐 이태리에 정착한 남자 이야기, 무역상사 이야기를 그렸는데 '베니스의 개성상인'이라는 제목의 책이다. 흥미롭게 읽고 나서 국내 대기업의 중국 소주지사에 근무하는 원희에게 책을 빌려줬는데 바빠서 못 읽었다는 말을 들은 지도 몇 년이 흘렀다.

미켈란젤로 언덕에 서서 멀리 두오모 성당을 바라본다.

아침에 그곳에서 9시 30분 미사를 마치고 시내를 돌아다녔다. 우피치미술관은 예약이 꽉 차서 인터넷 예매는 더 이상 받지 않는다. 광장에 나와 어슬렁거리다가 로렌조 성당으로 향한다. 입장료를 사서 로렌조성당 지하 유물을 둘러보는데 자연석 크리스탈 돌을 깎아 한 면을 만든 작은 은상자와, 은으로 만든 관을

아르노 강 / 미켈란젤로 언덕

살펴본다. 중세의 조각이 정교하다. 은관은 뚜껑이 옆으로 나 있다. 어두운 지하 방 구석구석을 둘러보다가 한기를 느낀다. 썰렁한 지하 방에 덩그러니 놓인 석관 두어 개, 관 속의 영혼은 매일 바쳐지는 미사전례에 동참하며 영혼의 안식을 누렸을까.

레스토랑에서 점심으로 피자 한 판과 스프를 시켰는데 화덕에 구운 피자와 스프가 뜨겁게 손 끝에 감긴다. 스프는 콩과 갖가지 채소를 넣어 끓였는데 국물이 전혀 없어서 남겼다. 결재를 받으러 온 남자가 일본 말로 인사를 한다. 아오가 남자를 부른다. 프롬 꼬레아라고 말하자 남자가 한국어로 감사합니다, 한다.

기다란 대리석 의자에 앉아 햇볕을 쪼인다. 그늘을 벗어나 햇볕을 찾아 다니는 내 모습이 낯설다.

삶의 조건

불꽃이 넘실대는 화덕 앞에서 앞치마를 두른 남자가 피자빵을 굽는다. 두 개의 화덕에서 구워내는 피자빵은 담백하고 고소하다. 골목 어디에서나 볼 수 있는 풍경이다.

좁은 도로에는 안전모를 쓴 남자들이 도로를 보수하거나 땅을 파고 작업을 한다. 거의 매일 도시에서 작업하는 사람들을 만난다.

좌판을 펼쳐놓고 열쇠고리나 장신구, 선글라스를 파는 흑인 청년들과 두세 평 가게 안에 스카프나 의복을 걸어놓고 앉아 있는 늘씬한 금발 아가씨, 건물 경비원, 관리인, 버스 기사… 각자 자기 자리에서 충실히 살아가는 시민의 모습에서 선진국이라고는 하나 먹고사는 문제는 어떤 환경이건 인간의 치열한 삶의 조건이다.

이방인이 낯선 도시 골목이나 광장을 배회하며 나돌아다니는 동안에도 그들은 각자 자기자리에서 일을 한다. 성당 문앞에는 항상 거지가 있다. 기도하러 오는 사람의 자비를 구하는 거지와 신의 자비를 구하러 오는 사람이 교차하는 그 경계에서 나는 되도록이면 동전이라도 주려고 가방을 뒤적거린다. 거리의 악사를 만나도 꼭 동전을 준다. 동전 한 닢은 내가 자선을 베푸는 게 아니라 나눈다는 마음으로 준다.

오래 전 힘든 일을 겪으면서 나는 푸쉬킨의 시를 자주 읊조렸다.

삶이 그대를 속일지라도

슬퍼하거나 노하지 말라.

슬픔의 날을 참고 견디면

기쁨의 날이 오리니…

이 시의 깊은 뜻을 젊어서는 몰랐다. 어려움을 겪고 나이가 들어가면서 얼마나 좋은 시인지 알 것 같다. 시련 앞에 그 시는 많은 위안을 준다.

이곳 여성들은 화장을 잘 안한다. 팔찌나 귀고리 같은 장신구는 하는 편이다. 앞가리개도 잘 안한다. 공장에서는 여성들의 상의 티셔츠 가슴 부위에는 두 겹으로 두껍게 천을 대어 만든다. 자연스러움은 큰 자산이다.

.이른 아침 수도원 담옆을 걸어가는 수사

나폴리 가는 기차

피렌체에서 나폴리 가는 고속열차는 시속 300km로 달린다. 이태리 중부에서 남부로 가기 위해서는 로마를 지나간다. 목적지는 폼페이. 오래 전부터 폼페이에 관심이 있었다. 600~700km 거리인 나폴리 항구도시로 가는 기차 안, 카트를 밀고 가는 역무원에게 물을 청하며 얼마냐고 물으니 공짜라고 대답한다. 물과 주스를 청했는데 200cc물병과 주스 외에 물티슈, 사탕, 비스킷이 든 종이봉투를 준다. 기차비용 1인 112유로, 한화 15만 원, 두 사람 합해서 30만 원이다.

나폴리는 거쳐가는 도시다. 잠시 머무르려고 했으나 그냥 통과하기로 한다. 나폴리에서는 폼페이로 가는 교통편을 알아봐야 한다. 뭐든 완벽한 것은 없다. 갖춰진 것도 없다.

하루 전에 체크아웃을 미리 해놓고 이른 시간에 나왔다. 열쇠를 메모지와 함께 프런트 책상 위에 올려놓고 어두운 계단을 내려오는데 곰팡내가 훅 끼쳐왔다. 계단을 천천히 내려오다가 복도 창문 앞에 둔 빵을 본다. 아침식사용 빵이다. 일찍 퇴실하는 사람을 위해 호텔 측에서 배려를 했다. 기다란 바케트빵을 반으로 뚝 잘라 배낭에 넣어 왔다.

침대 매트리스가 탄력 있으면서도 푹신해서 잠을 잘 잤고 에어비앤비 호텔인데도 청소를 해주어서 서비스 설문이 뜨자 후하게 점수를 매겨준다.

폼페이 최후의 날 영화를 본 기억이 난다.

폼페이 유적

피렌체 에어비앤비호텔

이번 여정은 단순한 관광이 아닌 진지한 여행자로 떠나고 싶었다. 작품의 모티프를 얻으려는 내 여정의 자유로움 틈새로 선한 인연이 된 사람들, 충동적인 행로, 우연한 만남도 어찌 보면 예비된 수순이 아니었나, 그런 의문이 든다.

길 위의 나날

로마에서 남쪽으로 향하는 바깥 풍경이 소박하다.

밀라노 등 상업이 발달한 북쪽과 달리 남쪽은 상대적으로 자연에 가깝게 더디게 진행되는 듯하다. 열하일기의 저자 박지원을 떠올린다. 중국 황제의 생일 축하 사절단에 끼어 겨우 도착한 북경에서 황제가 여름별장에 있다는 소식은 조선 사신단에게 얼마나 큰 낙담이었을지 짐작이 간다. 박지원은 열하일기에서 그의 호기심과 탐구력 지적 갈증을 충실히 채워나간다. 배로 운하를 이용하거나 건축양식, 농사짓는 수차의 모형 그림을 그려가며 기록한다. 육신의 고생과는 별개로 정신의 허기를 채운다. 고생은 고통이 아니니까.

그는 중국 관료와 필담을 나눠가며 중국 내륙 지역을 눈으로 마음으로 가슴에 담는다. 박지원의 심경을 그려보며 여행 중에 이탈리아를 여행한 괴테, 따뜻한 햇볕을 찾아 떠난 슈베르트, 캄보디아의 밀림지대를 헤매다녔던, '왕도'와 '인간의 조건'을 쓴 앙드레 말로, 타히티 섬을 사랑한 고갱… 길 위를 떠 돈 무수한 예

로마 시내가 보이는 창가

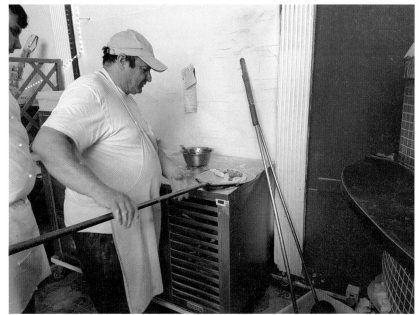

술가를 떠올린다.

　나폴리역에 내려서 나흘 후 포쟈행 기차표를 끊어놓고 다시 폼페이 가는 민자 철도 표를 끊느라 티켓박스를 찾아 헤맨다.

　네덜란드 상선의 하멜은 타의로 조선에 발이 묶여 원하지 않았던 생의 도정에 놓였지만 훗날 그는 조선을 탈출하여 하멜 표류기를 남긴다. 그로 인해 은둔의 왕국 조선은 서구 유럽사회에 알려지게 된다. 하멜은 조선에서 귀화한 동족 박연을 만난다. 박연은 조선 조정으로부터 벼슬을 제수 받고 혼인하여 자녀 둘을

오래된 지붕들

둔 것으로 전해진다. 병자호란 때는 직접 전투에 참여하여 네덜란드인 동족 2명을 잃고 그 후 이 땅에 고단한 육신을 묻는다.

자의 건 타의 건 낯선 문화, 다른 문명을 체험한다는 것은 한 개인의 일생을 질러가는 특별한 경험임에 틀림없다. 나는 스스로 피곤한 길 위의 노정에 올라 생의 불가해한 나날을 서성인다.

기차 창밖으로 베수비오 산이 보인다. 능선 자락에서 연기가 솟는다. 에어 비앤비 호텔까지 10분 거리. 택시를 물어보니 20유로, 우리 돈으로 2만 4천 원이다. 아오와 땡볕에 걸어가기로 하고 레스토랑 바에서 군만두보다 10배 크기의 가쪼네를 4유로에 사먹는다. 햄과 치즈, 토마토와 치즈가 각각 들어 있는 가쪼네는 화덕에 구워 불냄새가 난다.

무수한 사람들이 표류한 것처럼 나

는 표류의 노정에서 충동적으로 혹은 호기심 가득한 시선으로
육신의 피로를 인내하며 길의 행방을 묻는다.

폐허 위에 꽃을 피우다

고대의 시간이 멈춰 선 곳에
양귀비꽃이 붉다.
기원 전 한가로운 정오의 휴식에 젖어 있던
사람들에게 들이닥친 자연재해는 모든 일상을
찰나의 순간에 멈춰버린다.
농부가 우물을 파다가 발견했다는 폼페이 유적은
아직 진행 중이다. 진시황의 병마총 유적도
농부가 우물을 파다가 발견했다던가.
긴 시간의 풍화에도 굳건히 서 있는
돌기둥과 아폴로 신전 주위로 뜨거운 태양빛이 쏟아진다.
아오는 사진 찍느라 부산하고 혼자 걷다가 한국인 단체
여행팀을 발견하고 그들 속에 섞여 가이드의 설명을 청강한다.
점심 예약 시간에 쫓겨 한국팀이 서둘러 가버린 자리에 혼자
남아 시간의 흔적을 더듬는다.
고대에 도시를 설계하여 세운 기획도시, 귀족의 정원과 서민
들이 살았던 집터에 꽃이 피어 흔들린다.
반듯하게 닦아놓은 도로 위로 군데군데 말이 과속하지 말라고

이태리 남동부의 밀밭

폼페이 유적

과속방지턱 큰 돌 서너 개 박혀 있고 동선을 줄인 부엌의 기역자
싱크대와 상수도와 수세식 화장실과 프레스코 벽화와 화덕과…
그 시대의 문명과 현대문명 사이에 진화된 것이라곤 시간의 수레바
퀴뿐.

　전 세계에서 몰려 온 단체 관광객, 가족팀, 나홀로족, 사람들의

베수비오 산

혼잡이 유적지를 떠도는 적막을 흐트러뜨린다.

원형극장의 기둥을 떠받치는 신화속 영웅을 만난다.

공중목욕탕, 개인목욕탕에는 온탕, 냉탕이 존재하고 목욕탕 채광창 유리에서 빛이 쏟아져 들어온다.

고대 폼페이 시민의 삶을 기웃거린다. 그들의 사랑, 휴식, 일상을 단박에 멈추게 한 베수비오 산은 천 미터가 넘는 높이에서 오늘도 폼페이를 내려다보고 있다.

흘러내리는 화산재와 용암이 18km를 뻗어 나갔다니 나폴로만과 이웃 쏘렌토 바다마을까지 잿빛으로 덮여 혼돈이었으리.

원형경기장을 뒤로하고 폐허의 유적을 걸어 나온다.

시계를 보니 4시간을 과거의 미로 속에서 헤맨 셈이다.

레스토랑 바에서 늦은 점심으로 화덕에 금방 구운, 토마토와 햄과 치즈가 들어간 가쪼네와 샐러드, 스파게티를 먹고 오후 4시에 출발하는 막차를 타고 베수비오 산으로 향한다.

화산 둘레를 둘러보고 내려오기까지 3시간 여. 호텔로 돌아오다가 까르푸 매장에 들러 요구르트와 포장된 샐러드, 소시지와 치즈, 빵을 산다.

고단한 하루였다.

로사리오 성당

폼페이 원형극장에서 가까운 곳에 로사리오 성당의 흰 종탑이 푸른 하늘을 배경으로 솟아 있다.

오층 석탑 모형의 종탑 위에는 십자가가 세워져 있고
좀 더 낮은 위치에 푸른 원형 돔이 있다.

한국 천주교 신자들이 9일 기도라 하여 묵주기도를 바치는
그 로사리오 기도의 원조 성당이다.

부산교구 미카엘 신부로부터 설명을 미리 들었던 터여서
아오와 성당을 둘러본다.

긴 복도 양쪽 벽에는 기적을 체험한 사람들의 증언과 찬미와
역사가 그려진 그림과 글과 사진이 전시되어 있다.

그 중 어느 장소로 들어갔다.

신부님의 썩지 않은 시신이 유리관 안에 보존되어 있고
기다란 나무 의자에는 전 세계에서 몰려 온 사람들이 앉아
기도 중이다. 유리관을 붙잡고 우는 아가씨,

무릎을 꿇고 기도하는 청년, 유해를 바라보며 묵상에 잠긴 사람들, 인파는 점점 불어나 자리를 잡기 어려워졌다.

벽 쪽으로 고해성사 박스가 길게 이어져 있다. 네댓 개 고해성사 박스에 불이 켜져 있고 사람들이 줄을 서서 차례를 기다리고 있다.

다른 장소에서는 미사가 진행 중이다. 사람들로 꽉 찬 성당에는 어린아이에서부터 아픈 환자, 남녀노소 혼재되어 미사를 봉헌한다. 의자에 앉아 있는 사람들보다 서 있는 사람들이 더 많다.

가톨릭은 중앙정치구조의 체계를 지녔다. 전 세계 어디를 가나 미사전례가 같다.

보편적이고 통일된 전례 제도는 이천 년 동안 이어져 왔고 국경과 나라와 민족과 도시를 초월하여 같은 목소리로 신을 경배

로사리오 성당

한다.

　아프리카, 아시아, 유럽… 전 세계 13억 인구가 같은 시간, 같은 기도문으로 제례를 한다고 하면 우주의 기가 흔들리지 않을 수가 없을 것 같다.

쏘렌토 그리운 바다물빛

쏘렌토 그리운 바다물빛

늦잠을 자고 일어나 커피와 토스트로 아침식사를 하고 쏘렌토로 가는 기차를 탔다. 폼페이 이웃 도시 쏘렌토는 반나절이면 돌아보고 올 수 있는 곳이다. 폼페이에서 30여 분 걸려 도착한 쏘렌토는 바다물빛이 아름다운 해안도시다.

쏘렌토의 눈부신 햇빛과 푸른 바다를 보며 까뮈를 생각하는 오후 시간.

아름다운 저 바다와 그리운 그 빛난 햇빛…

여고 때 음악시간에 배운 가곡이다. 번역곡인지 번안곡인지 잘 모르지만 쏘렌토에 오니 남해바다가 생각난다. 멀리 왼쪽으로 나폴리 만이 햇볕을 받아 하얗게 빛난다.

베수비오 산이 보인다. 관광해양도시 쏘렌토는 절벽 위 건축물이 인상적이다. 밝은 햇볕과 열대과일들, 바나나를 사서 길거리를 걸어가며 먹는다. 물기 없이 퍽퍽하다. 수입산이다. 오렌지와 레몬, 포도는 이 지역 농산물이다. 붉은 자줏빛 오렌지 속살에 물이 가득 차서 수저로 퍼먹는다.

햇볕에 눈이 부시다.

크레타 섬을 좋아한 까뮈는 지중해의 햇빛을 사랑했다. 크레타에 오래 머물며 그는 '결혼', '여름' 작품을 남긴다.

뜨거운 태양, 노파를 살해하는 주인공, 이방인에서 까뮈는 인

간의 부조리한 삶을 고발한다.

내가 관심 갖는 것은 아름다운 자연보다도 인간의 삶이다.

죽음의 도시 위에 세워진 폼페이에서 활기찬 사람들의 삶을 보고, 에어 비앤비 호텔 젊은 부부의 일상을 느낀다.

어린 딸을 학교에 데려다주고 출입구 식당 한 귀퉁이 책상과 노트북을 놓고 인터넷 예매를 체크하고 손님들을 받는 부부의 성실한 생활이 눈에 들어온다. 한 때 단내 나도록 개인과외, 대입 논술, 독서논술을 가르쳤던 나는 치열한 삶을 만나면 연민과 동질감을 느낀다.

어느 도시에나 거리의 악사가 있다. 악사를 만나면 동전을 꼭 주고 간다. 사진찍기를 허락하면 동전을 추가로 주기도 한다.

호텔 담장 안 레몬나무를 사진에 담으며 오랜만에 여유를 부린다.

오래된 성당

아주 오래 전, 스페인 여행 중에 포르투갈을 잠시 스쳐 지나간 적이 있다. 저녁이었고 착륙하는 비행기에서 내려다본 포르투갈 수도 리스본은 노란 나트륨 등으로 도시가 온통 오렌지색이었다.

수도 리스본에만 성당이 300여 개라던가. 그때는 그 의미를 잘 몰랐다. 이번 여정 중에 발길 머무는 도시마다 오래된 성당이 있고, 성당 문은 항상 열려 있으며, 때때로 나이 든 노인이 진지한 태도로 기도하는 장면을 심심치 않게 본다. 주름이 온 얼굴을 덮은 노인의 구부정한 등이 한 세월을 살아온 사람의 평생을 말해주는 듯했고 좀처럼 그 자리를 떠나지 않고 오래 서서 제단을 쳐다보는 노인이 눈에 밟혀 나는 그만 그 기도를 바쳤다.

하느님, 저 노인의 기도를 들어주소서.

소렌토 오렌지나무

한번은 어떤 여인이 울면서 십자가 아래에서 기도를 하는 장면을 본 적이 있고, 또 어떤 부인은 그 표정에 간절함과 고통이 담겨 있었다. 그때도 나는 그 여인의 마음에 동참하여 두 손을 모은다.

하느님, 저 여인의 마음을 헤아리소서.

가끔 간절하게 기도하는 사람을 보면 나는 그 사람을 위해 기도를 바친다. 그 사람의 원의가 무엇이건 하느님께서 자비를 베풀어달라고 옆에서 거든다.

어떤 사람은 가만히 있어도 뒷모습만 보아도 슬픔과 아픔이 감지되는 경우가 있다. 그 사람의 온 몸에서 풍겨나오는 고독의 그림자, 고통스러운 삶, 간절한 열망이 느껴질 때가 있다. 12세기나 13세기를 넘긴 건물, 대부분 천여 년의 역사를 간직한 성당이 도심지 골목, 골목에 자리잡고 있다.

인구 오천 명 아시시에 수도원이 백 개라니. 건물 구석구석에서 수도자들이 기도하는 삶을 이어간다. 많은 성당에 사람들이 꽉 차지 않는다고 신자 수 감소니 뭐니 말할 수 없다는 생각이다.

서구 기독교인은 태어나면 성당에서 세례 받고 죽을 때도 성당에서 장례식을 치른다. 삶과 죽음, 탄생에서 죽음에 이르기까지 성당과 뿌리 깊은 연관을 맺는다. 그러니까 성당은 시작과 마침의 중심에 있는 것이다. 평소 생활 현장에서 충실히 살다가 부활 대축일에는 밤미사부터 낮미사까지 성당이 미어터진다. 고해소의 긴 줄은 줄어들 줄 모른다.

나는 아씨시 주교좌 성당, 성 프란치스코와 글라라가 세례 받

아씨시-인구 오천명의 소도시-수도원이 백 개가 넘는다

은 성당에서 긴 줄의 행렬에 동참하여 차례를 기다려 고백성사를 보고 밤미사에는 바실리카 성프란치스코 대성당에서 2시간 30분 간 진행된 미사의 전 과정에 동참하였다.

인간이 신을 믿는 것은 약한 존재, 유한성 때문인지도 모른다. 가는 곳마다 성당 문이 열려 있고 촛불이 켜져 있어서 잠시 여독을 풀고 자신을 돌아보는 시간을 가질 수가 있었다.

바티칸 예술품이 보관된 건물

카푸친 수도회를 찾아서

윌리엄 수사와 그의 제자 아드소.

이십대에 미셀 푸코의 저서 '장미의 이름'을 이해하기에는 난해한 구조였다. 푸코의 '광기의 역사'나 그의 사상과 철학을 이해해야만 비로소 그의 작품에 몰입할 수 있다. 영화로 상영된 장미의 이름 배경은 수도원이다. 길 위에서 만난 이태리 유학파 신부님의 소개로 생전 듣도 보도 못한 지오반니 로톤도를 가는 중이다.

나폴리역에서 기차로 포쟈까지 가서 포쟈에서 버스로 로톤도를 가는 일은 집중과 관찰, 눈치가 있어야 한다. 오전 9시 7분 나폴리 가리발디에서 출발, 카세르타 역에 내려 포쟈행을 타기 전 아오가 재빠르게 카푸치노 두 잔을 사온다. 기차로 3시간, 느긋하게 이태리 동부의 농촌 마을을 눈에 담는다.

표해록을 쓴 최부의 심경이 이랬을까. 나주 본가 부친의 장례를 치르러 일행 43명과 함께 제주를 떠난 최부 일행이 풍랑을 만나 표류하다가 중국의 강남 지역까지 밀려간 경험을 반 년이 지나 돌아온 후 성종 임금 지시로 기록한 책이 표해록이다. 중국 관리의 호송을 받으며 북경으로 압송될 때도 최부는 조선 선비로서의 기개를 잃지 않았고 중국 관료와 필담을 나누며 그들의 생활, 자연환경을 세밀하게 관찰한다. 소주, 항주의 운하 시설을 보는 최부의 심경은 어떠하였을지 기차를 타고 가는 내내 상념에 잠긴다.

물의 도시 소주와 항주는 도심지 곳곳에 바둑판처럼 물의 길

성비오성당 성체조배실
비오성당-제대 뒤 유리관 안에 썩지 않는 비오
신부의 유해가 안치되어 있다.

을 터놓고 있다. 소설집 '달의 호수' 배경이 되는 곳이 소주, 항주, 우전 마을인데 정작 소설을 쓰고 나서 책이 나온 후에 다녀왔다.

프란치스코파 계열의 카푸친수도회.

장미의 이름 배경이 된 수도원이다. 서울에서 정선 정도의 오지라고 설명해준 길 위의 신부님은 본인의 경험을 토대로 그곳을 소개한 것 같다. 조금은 단조로울 수 있음을 암시하였는데 어쩌면 내 마음속에 그런 곳을 원했는지도 모른다. 그곳은 다섯 가지 상처를 받은 비오 신부가 생전에 활동을 하던 곳이다.

시골의 농촌은 포도순이 한창 윤기를 더하고 있다. 구릉지대의 너른 목초지, 밀밭과 올리브나무들, 인구밀도가 낮고 도시나 농촌에 골고루 분산되어 살고 있는 사람들의 삶은 어디나 비슷한 것 같다.

산 지오반니 로톤도

이태리 동부 시골마을. 산 지오반니 로톤도까지 오는데 하루가 걸린다. 여행 중에 만난 신부님 말을 듣고 용감하게 초행길에 나선다. 기차 두 번 갈아타고 3시간 여, 다시 시외버스로 1시간 여를 오면서 농촌 풍경을 바라본다. 초록빛 넓은 목초지, 끝없이 펼쳐진 밀밭… 버스는 평야를 지나 높은 언덕을 끝없이 오른다. 버스 타기 전에 한 사람에게 행선지를 확인했더니 낯선 이방인에게 관심을 보이며 주위 사람들이 저마다 한 마디씩 한다. 버스 안에서도 빠른 이태리어로 서너 명의 여자가 산 지오반니 로톤도에 대해 자꾸 얘기를 하거나 혀 꼬인 영어를 쓰는 친절한 사람들 덕분에 소박한 인심을 느낀다.

호텔에 체크인하고 늦은 점심을 먹으러 시내로 나왔더니 식당마다 문이 닫혀 있다. 문 열린 중국인 식당을 갔더니 오전 11시~오후 3시, 오후 6시~밤 12시까지 영업을 한다고 씌어 있다. 스페인의 시에스타가 기억난다. 오후 2시부터 4시까지인가? 낮잠 자는 풍습인데 갑자기 스페인에서 이주해온 집단인가 하는 생각을 잠깐 한다.

거리는 조용하다. 인적 드문 소읍 정도 규모의 거리를 걷다가 바에서 오렌지주스와 커피, 빵으로 점심을 먹는다.

저녁 6시 넘어 중국인 식당을 갔더니 일본의 초밥, 사시미, 미소된장국, 탕수육 등 퓨전요리와 찐밥 메뉴가 있다. 탕수육은 한국에서 먹던 것과 맛이 같다. 찐밥과 미소된장국, 연어샐러드를 먹고 거리에 나선다.

가로등과 상점의 불이 켜지는 저녁의 거리에 사람들이 쏟아져 나온다. 적막하던 낮의 거리, 인파로 북적이는 저녁의 거리에 어리둥절하다.

성당의 종소리

성당의 종소리가 울린다.

로톤도의 저녁

발길 닿는 곳마다 종탑이 있고 종이 울린다. 아씨시에서는 15분 마다 종이 울렸는데 이곳 로톤도는 시청 청사 종탑에서 30분마다 종이 울리고 성당의 종소리도 자주 울린다.

　예수의 다섯 가지 상처를 받은 카푸친수도회 비오 신부가 생전에 머무르며 많은 기적을 보여준 이곳은 그의 생전이나 사후에 순례자들이 찾아온다. 비오 신부는 50년 동안 오상을 안고 살다가 68년 안식에 든다. 사후 40년이 지나 그분의 관을 여니 육신이 생전 그대로의 모습으로 남아 있어서 제대 뒤 지하성당 벽에 홈을 파고 유리관 안에 그의 시신을 넣어 보관하고 있다. 자세히 들여다본다. 얼굴과 몸은 수도복으로 덮여 있고 가슴 위에 얹힌 손가락이 까맣게 변해 있다. 방부처리를 일체 하지 않은 상태로 죽은 후 온전한 몸을 보전하고 있는데 왜 손가락은 까맣게 변화되었을까. 어쩌면 까맣게 썩은 손가락은 그분이 인간임을 보여주는 징표이고, 온전한 얼굴과 육신은 신의 영광을 드러내는 표징인가.

　인간의 상식으로는 도저히 이해할 수 없는 초자연적 현상을 보며 든 의문이다. 비오신부는 성인품에 올라 수많은 신자들의 영적 존재로 남아 있지만 살아 있을 적에는 예수의 오상이 영광과 고통이었을 것이다. 스스로의 처신, 그를 바라보는 형제 수사들의 시선, 몰려오는 병자와 순례자들… 얼마나 압박을 받는 입장이었을까.

　신의 영광을 드러내는 도구로서의 삶을 제대로 못살았다고 비오신부는 고백한다. 아시시가 프란치스코성인의 도시라면 이

곳은 비오신부의 도시다. 성당, 수도원, 상점, 시청, 광장, 거리, 골목의 담장, 가정집 할 것 없이 비오신부의 조각과 초상화, 사진, 부조가 있다.

성당을 나와 광장으로 이동하는데 저 앞쪽에서 중년 부인이 나를 보며 다가온다. 부인은 구걸을 하고 있었다. 손에는 묵주 반지를 꼈다. 지갑에서 동전 2유로를 꺼내어 그녀 손에 쥐어주

프란치스코 생가터-성당

며 눈을 마주본다. 까만 눈동자가 맑았고 이태리계가 아닌 히스패닉계 여성으로 보였다. 묵주 반지 낀 손을 마주 잡아주었더니 명함 크기의 상본(성화 그림과 성경 구절이 새겨진)을 손에 들고 있다가 한 움큼 주려고 한다. 상본을 도로 손에 쥐어주고 두 장만 받았다. 그녀가 도움을 청하는 사람에게 주려면 상본도 비용을 들여 사야할 테니까.

산탄젤로 동굴성당 입구에서도 그런 경험을 했다. 대여섯 살 정도 보이는 사내아이를 무릎에 앉히고 순례자에게 손을 벌리는 남루한 부인을 만났다. 나는 또 지갑을 열어 1유로를 그녀 손에 주려고 했더니 아이가 먼저 손을 내밀어서 아이 손에 동전을 주었다. 가는 곳마다 구걸하는 사람들이 많은 곳이 이태리다. 성당 문앞에는 어김없이 거지가 웅크리고 앉아 있다.

이방인

이국의 농촌마을 골목을 걷는다.
산 지오반니 로톤도.
광활한 평원 끝 언덕위에 자리잡은 마을이다.
내 인생에서 언제 이렇게 한가로운 시간이 있었나.
포장되지 않은 뒷골목 주택 담장 너머로
무화과 열매가 많이도 매달렸다.
개복숭아, 오렌지, 능금이 익어간다.

비오성당 / 산 지미그나노-애리조나에서 온 제인과 쥬디

비오성당

빨래를 가득 널어놓은 집 앞에 서서 옷가지 수를 세어본다.

하나 둘 셋 넷…

이 집은 아이들이 서넛 되겠다.

넓은 뜰에 풀잎이 헝클어져 있다.

대충 기계로 풀을 깎은 흔적이 코 끝에

비릿한 풀냄새로 풍겨온다.

어디선가 피자 굽는 냄새, 토마토소스 냄새, 치즈 녹아내리는 냄새에 된장국, 김치찌개가 간절하다.

호텔 식당에서 저녁을 신청했더니 메뉴를 갖다주는데 이태리어로 적혀 있다.

미국식 영어로 비프 스테이크를 시키는데 웨이터가 못알아듣고 프런트에 있는 청년을 데려온다.

어찌어찌하여 비프 스테이크를 시켰는데 엄청 크다.

그릴에 구운 쇠고기를 먹다가 결국 남겼다.

이들도 영어는 혜택받은 소수의 몫이다.

모국어를 따로 두고 그들과 서로 영어로 버벅댄다.

오래 전 독일에서도 같은 경험을 했다.

영어를 한 마디도 못알아듣는 현지주민들, 이곳 시골에서도 같은 경험을 한다.

이틀동안 아시아인을 한 명도 볼 수 없는데 정선 만큼이나 먼 시골인가 보다.

도심지를 걸어가면 사람들의 시선을 느낀다.

심지어 꼬마들도 쳐다본다.

지나가던 승용차 안에서 고개를 빼고 바라보던 예닐곱 살 사내아이가 호기심 가득한 눈으로 쳐다봐서 손을 흔들어준다.

꼬마가 같이 손을 흔든다.

아오와 나는 이방인이다.

인사를 하면 다들 친절한 미소로 같이 인사를 한다.

산 몬테 산탄젤로

산 몬테 산탄젤로는 산 지오반니 로톤도에서 21km 떨어진 이태리 남동부 해안에 접한 천혜의 요새다. 바다가 까마득하게 내려다보이는 절벽 위 도시, 달력에 나옴직한 예쁜 마을이다. 워낙 외딴 곳이라서 한국인에게는 낯 선 곳이다.

몬테 산탄젤로를 가는 버스 안에서 한적한 농촌의 짙푸른 초지와 한가롭게 풀을 뜯는 양 떼, 말, 소 들을 지나가며 언제 이곳을 다시 와보나, 그런 상념에 사로잡혔다. 미카엘 신부는 잊을만하면 어디어디를 가보세요, 하고 카톡으로 소식을 전한다. 길 위에서 우연히 만난 미카엘 신부가 아니라면 이번 행로는 고달픈 노정에 그쳤을지 모른다.

동굴 성당은 산탄젤로의 백미다. 미카엘 대천사가 3번이나 발현했다는 그곳, 지하동굴 성당에는 순례자들이 끊이지 않았고 미사가 이어졌으며 성체 현시를 해놓았고 또 다른 굴에서는 고백성사실 두세 곳에 불이 켜져 있다.

몬테산탄젤로 동굴성당-이태리 남동부 해안에 접한 천혜의 요새다 / 몬테 산탄젤로 / 미카엘대천사

성체 현시를 한 제대 앞에는 투명 유리 그릇에 담긴 심지가 보였고 촛불이 고요히 타고 있다. 바람도 인적도 없는 제대 앞, 소리없이 타는 촛불을 무연히 바라본다. 길 위의 나날을 보내는 사이 봄꽃이 지고 연녹빛 그늘이 깊어진다.

감자싹은 났는지 이른 봄에 심은 감나무, 산머루, 라일락, 무화과 순은 제대로 올라왔는지 그 모든 생활의 끈을 미뤄두고 낯선 길 위에 서 있다. 골목과 골목이 잇대어 있는 마을의 지붕에는 굴뚝이 솟아 있고 공터에서는 장이 열리는지 트럭에 가득 채소와 과일, 신발, 옷가지를 싣고 온 사람들이 노천에 진열을 하고 있다. 방울토마토, 바나나, 사과, 배, 오렌지를 들여다보다가 그냥 돌아서서 성으로 향한다. 성 안에서 바라 본 마을은 아스라한 절벽 끝에 오밀조밀 밀집되어 모여 있다. 멀리 성 밖 구릉지가 끝나는 평지에는 농작물이 자라는 게 아련하게 보였다.

낮 1시 15분 버스로 로톤도 호텔에 돌아와 낮잠을 자고 오후 4시 30분 미사를 간다. 새로 지은 지하성당 유리관 안에 모셔진 비오신부를 등 뒤에 두고 사제가 미사를 집전한다.

하느님, 찬미 받으소서.

제 안의 그늘을 깨끗이 없애 달라고 하지 않겠습니다.

다만 그 그늘을 딛고 밝은 빛으로 나아갈 수 있는 용기가 필요합니다.

살아가면서 어찌 아무 고통도 없이 안락한 삶을 바라겠습니까.

어둠을 뚫고 밝은 빛을 향해 희망을 품는 것, 그것이 제가 바라는 일입니다.

하느님, 지상의 모든 살아 있는 것들로부터 찬미 받으소서.

십자가의 길

산 지오반니 로톤도에서 보낸 나흘.
아침에 잠깐 비가 왔다.
예수의 일생을 담은 십자가의 길을 걷는다.
14처 양각 청동부조는 사실적으로 표현되어 있다.
로마의 유대총독 빌라도는 자신이 역사에
어떤 이름으로 남을지 잘 아는 인물이다.
그는 유대교 원로들과 군중에게 당신들이 알아서
하라며 자신의 책임을 떠넘긴다. 이로써 예수는
동족에 의해 죽임을 당한다.
십여 년 전 정찬 작가의 장편소설 '빌라도의 고백'을
읽은 적이 있다. 빌라도의 인간적인 고뇌를
그의 입장에서 잘 그려낸 수작이다.
그 시대 범죄자를 처벌할 때 십자가형은 보편적인
형벌의 일종이다.
예수를 따르던 제자들, 여인들의 눈물, 안타까운 것은
어머니 마리아와 만나는 지점이다.
조각가는 이 장면에서 고통과 슬픔의 극대화를

표현하는데 옆에 서 있던 제자가 손으로
얼굴을 가리는 장면은 압권이다.
십자가의 길은 산 둘레를 따라 완만한 곡선으로 이어져 있다.
신의 나무라 부르는 사이프러스가 하늘을 찌를 듯
뻗어 있는 길은 인적 없는 정적에 싸여 있다.
한 시간 동안 그 길을 걷는다.
멀리 평원 끝으로 구름이 걷히고 푸른 하늘이 드러난다.
이제 낯선 시골마을에서의 나흘간 여정을 접고
내일은 로마로 회귀한다.

묘지

해가 저무는 시각, 아오와 손잡고 공동묘지로 간다. 시외버스 안에서 스쳐 지나간 공동묘지 양식이 궁금해서다. 시 외곽지역에 이들의 조상대대로 살다간 영혼들의 묘지가 모여 있다.

가족묘로 보이는 건물들이 잇대어 서 있다. 건물 안에는 대리석 벽에 고인의 이름과 사진이 있고 때때로 어떤 집은 제대와 성모상 예수상 조각이 있다. 넓은 묘지 중간쯤 장례미사를 하는 성당이 있어서 들어가 본다. 의자 몇 개가 놓여 있는 소박한 공간이다. 태국의 무덤양식과 비슷하다. 살아 있는 사람들은 죽은 사람들에게도 집이 필요하다고 생각한다. 그래서 죽은 이들에게 집을 지어준다. 규모는 작지만 기둥이 있고 벽이 있고 지붕이 있는, 그런 집이다.

오래 전 경주에서의 3박4일 여행 기간에 무덤만 찾아다닌 일들이 떠오른다. 아오의 선배 경주부시장 소개로 문화원 사무국장을 소개 받아 인사를 나누고 그의 안내에 따라 독특한 체험을 했다. 일반인에게 공개되지 않은 무덤과 가족묘 체험이다. 둥근 봉분 위에 소나무가 자라고 잡초가 우거져 있어 무덤이라고 보기에 무리가 있는 그런 가족묘였다. 출입구는 육중한 돌문으로 세워져 있고 안에는 차례로 영혼이 쉴 수 있는 공간이 있었다. 맨 위쪽 공간에 한 사람이 누울 수 있는 상석이 있고 그 아랫단에 두어 사람이 누울 수 있는 공간이 있어서 방 같은 느낌이 났다.

이번 여정 중에 가는 곳마다 석관을 보고 유해를 만나면서 삶과 죽음을 묵상하지 않을 수가 없다. 잠시 이 세상에 육신을 빌려와 숨을 쉬다가 자기도 모르는 시간에 영과 육이 분리되는 순간을 맞는 것이 인간의 숙명이다.

유서 깊은 성당 앞에는 어디나 거지가 앉아 있다. 중년 여자가 아이를 안고 손을 벌리면 외면하지 못한다. 속는다 하더라도 그런 것까지 감안해서 동전을 준다. 멀쩡한 흑인 청년들이 손을 벌리는 일이 많다. 피부색과 언어가 다른 나라에서 먹고살기가 만만치 않음은 이해하지만 사지육신 멀쩡한 청년이 구걸을 하는 건 좀 그렇다.

걸리버를 생각하는 시간

걸리버 여행기에 나오는 소인국과 거인국 이야기는 실제로

공동묘지

정치권력을 풍자한 것이다. 주인공이 겪는 이상한 나라 사람들 이야기는 같은 언어, 같은 문화권에 살면서도 이해하지 못해 전쟁을 하고 불신하고 고통을 스스로 만들어간다.

낯선 나라 시골 마을, 산 지오반니 로톤도 시내는 오후 2시부터 4~5시 무렵까지 상점마다 불이 꺼지고 셔터문이 굳게 닫힌다. 숙소에 있기가 지루하여 광장에 나왔더니 적막이 감돈다. 성당 문도 평수와 다르게 나무 대문이 굳게 닫혀 있다.

광장 의자에 앉아 투명한 하늘을 쳐다보다가 지붕에 시선이 꽂힌다. 굴뚝이 많은 걸 보면 화덕을 통해 빵을 굽거나 요리를 하는 것 같다. 아오와 거리를 어슬렁거리다가 긴 의자에 앉아 빈둥대다가 간혹 문 열린 BAR를 찾아 들어간다. 이곳에서는 BAR가 카페나 레스토랑 개념이다. 에스푸레소나 카푸치노를 시켜마시면 1~1.5유로 한국돈 12~1500원이다. 이들도 커피를 수입하는데 커피값은 저렴하다.

오후 3시 무렵 청소차가 거리의 쓰레기통을 비우며 지나간다. 가게 앞을 청소하는 여자도 보인다. 이들은 오후 5시나 6시에 가게문을 열고 늦은 시간까지 영업을 한다. 식당도 자정까지 영업을 한다.

사람들이 거리와 광장에 쏟아져 나온다. 적막이 감돌던 시내 중심가에 활기가 찬다. 흑인계 청년이 다가와 알 수 없는 소리로 구걸을 한다. 성당 마당과 광장에서도 흑인 청년이 손을 내민다. 멀쩡히 걸어오다가 이방인인 우리에게 손을 내밀면 속이 편치 않다. 물론 거지 중에는 백인도 있다. 성당 앞에서 양복을 입은 노인은 백인이었는데 정중하게 평화 인사를 하며 구걸을 해서 거지인 줄 모르고 같이 인사를 하고 나온 적이 있다. 이들 사회가 흑인에게는 교육이나 일자리, 기초 복지에 장벽이 높다는 것을 알 수 있다.

아프리카의 기름지고 너른 땅에서 살지 못하고 남의 나라에서 밑바닥 인생으로 전락한 사람들, 내전과 전쟁통에 가족을 잃거나 뿔뿔이 흩어진 사람들이 겪는 고통은 제국주의 시대가 낳

로톤도 가는 버스 안

은 비극이다. 서구 강대국이 그들 나라를 식민지로 만들어 자원과 노동력을 자기네 나라로 가져가고 겨우 독립이 될 무렵에는 갈등과 분열로 내전을 겪는 현상은 슬픈 일이다.

버스는 오지 않고

버스는 오지 않는다.

아침 6시 5분 포쟈행 버스를 기다리며 추위에 떨었다. 1시간이 그냥 지나간다. 로마행 기차는 탈 수 있으려나. 그 다음 버스가 6시 55분에 있다. 한참 추위에 떨다가 스카프로 얼굴을 히잡처럼 두른다. 다행히 다음 버스가 왔다. 버스는 시골길을 달린다. 포쟈 기차 터미널 대합실 BAR에서 카푸치노와 빵을 먹고 8시 22분에 떠나는 로마행 기차에 오르니 졸음이 쏟아진다. 초록 평야가 끝없이 펼쳐진다.

밀밭에 바람이 지나간다. 밀대궁이 청녹빛으로 흔들리다가 희게 반짝인다. 가지런히 정돈된 포도원의 어린 순들이 윤기를 낸다. 저 너른 평야를 가꾸려면 기계가 필요하다. 한국의 농촌은 선진농업기술 수준이다. 농사는 기계가 한다. 작년에는 드론이 논에 농약을 살포했다. 흰 깃발을 논에다가 경계표시로 꽂아놓은 곳에 드론이 날아다녔다. 정부지원 70~80프로, 개인 부담 20~30프로인데 농협이 업체를 선정하여 시범 운영한다.

올리브 밭을 지나 포도밭을 지나 언덕을 지나 능선에 붉은 지붕과 흰벽이 오밀조밀 이마를 맞대고 모여 사는 마을의 집들이 정겹다. 제초제를 쓴 흔적이 보이지 않는다. 한국의 농촌은 풀뽑

기에 지친 농부들이 일손이 모자라면 쉽게 제초제를 뿌린다. 연로한 노인들이 농사를 짓는 곳은 좀 더 심하다.

철로변에 아카시아 꽃이 가득 피어 있다.

택시

호텔에서 체크아웃을 하고 다음 숙박지인 수녀원으로 이동하기 위해 택시를 탔다. 아오와 나는 각각 배낭을 짊어지고 돌아다니다가 귀국일이 가까워 오자 캐리어를 하나 산 터여서 짐이 늘었다. 골목을 돌고 돌아 운행을 하던 택시기사는 길이 막히자 과도한 액션을 취하며 가까운 거리인데 걸어가지 왜 택시를 탔냐

로톤도 호텔 식사

고 푸념이다. 목적지까지는 2키로 남짓 된다. 그는 손짓으로 목
적지를 가리키며 불만스럽다는 듯 짜증이다. 사십대 중반으로
보이는 그는 건장한 체격을 가진 남자였다. 나는 한국의 택시를
떠올리며 이태리 기사가 불쾌하다기보다는 이해하는 마음이 생
겼다.

　'아, 이 사람도 가족을 위해 애쓰는구나.'

　그런 마음이 들자 안쓰러웠다. 우리나라에서도 그런 경우를
겪었다. 버스터미널이나 기차역에서 가까운 거리를 가자고 하면

장거리를 염두에 두고 손님을 기다리던 기사가 화를 내는 것을 경험했다. 심지어 승차거부도 당했다. 승차거부는 불법이지만 국민의 감정은 법보다 앞서기도 한다.

아오가 10유로를 꺼내어 놓고 플러스 팁을 주겠다고 말하자 기사는 조용해졌다. 조금 후 그는 떼르미니역이나 혼잡한 곳은 소매치기나 짚시들을 조심해야 한다고 우리를 걱정한다. 한국의 청소년들이 부모의 돈으로 간식을 사먹거나 게임을 하거나 친구들과 놀지만 서유럽이나 동유럽 청소년들은 부모에게 기대를 안 하고 일찍 독립하여 스스로 용돈을 벌어 쓴다. 레스토랑이나 바에서 앞치마를 두른 청년이 하루종일 종종걸음하며 일하는 경우는 일상이다. 안전모를 쓴 인부들이 도로 한 켠에 바리케이드를 쳐놓고 공사를 하는 일은 다반사여서 도시나 시골이나 늘 공사 중이다. 오래된 도시, 오래된 건물, 유적이 곳곳에 깔려 있는 나라는 고쳐가며 지탱하는 것이다.

로마는 빈 택시가 돌아다니지 않는다. 지정된 장소에 택시들이 모여 손님을 기다린다. 택시를 타려고 2키로쯤 걷는 일은 보통이다. 어느 때는 목적지와 택시 타는 곳이 거리가 비슷할 때도 있다. 택시를 타느니 걷는다. 종아리가 딴딴해지도록 걷는다.

모든 길은 로마로 통한다

모든 길은 로마로 통한다.

루비콘 강을 건넜다.

고교 퀴즈 대회에 자주 인용되거나 돌이킬 수 없는 일을 벌인 뒤 쓰곤 하는 문장이다. 카이사르가 갈리아 원로원에 대항하여 로마로 말머리를 돌린 사건은 인구에 회자되며 명언이 된다.

혼잡한 시가지 중심 곳곳에 산재한 고대 제국의 유적들, 아시시에서 만난 이후 로마에서 다시 만난 미카엘 신부님과 깜뻬 돌리오 언덕을 거닌다. 로마제국의 발상지이며 황제가 충성스러운 군인들로부터 승리의 전장으로부터 돌아온 장군들로부터 사열을 받던 곳이다.

언덕 중심의 광장에는 명상록의 저자 마르쿠스 아우렐리우스 황제의 기마동상이 우뚝 서 있다. 먼 후대 인물인 미켈란젤로가 만든 기하학 무늬가 광장 바닥에 새겨져 있고 언덕을 오르는 계단 또한 그의 작품으로 계단은 직각이라는 개념을 깨트린 파격적인 발상이 엿보인다.

깜뻬 돌리오 광장에서 의미 있는 시간은 베드로와 바오로 사도가 갇혔던 감옥을 실제로 볼 수 있었다는 점이다.

온통 돌로 된 지하 감옥은 어둡고 추웠다. 벽면과 바닥에 깔려 있는 돌에는 녹색식물이 자라고 있다. 희미한 흔적만 남아 있는 벽화에는 베드로와 바오로, 예수와 성모마리아를 표현한 장면이 있는데 거의 지워지고 희미한 흔적만 남아 있다.

직원이 아이패드를 가져와 벽화 시뮬레이션을 보여준다.

로마제국의 유적이 1, 2차 세계 대전을 겪었음에도 남아 있어서 놀라웠다. 시내를 걷다보니 베네딕또회를 세운 성 베네딕또

가 초기에 머물며 기도한 성당이 소박하게 보존되어 있어서 마음이 따뜻했다.

베네딕또 성당을 나와 골목을 걷는다. 검은 돌로 된 바닥은 반들거리고 윤이 났다. 저녁이 오고 있다. 노을이 지는 시내 골목을 걸어 성 체칠리아 성당에 발길이 머문다. 성가를 시작하기 전,

로마 체칠리아 성당

성녀 세실리아여, 저희를 위하여 빌어주소서

하는 음악의 주보성인이 묻혔고, 그분의 유해 위에 세워진 성
당이다. 저물어가는 하늘 아래 성당 문이 열려 있다. 성당에는
수녀들이 촛불을 밝히고 저녁기도를 바치고 있다. 제대 밑에는
박해 당시 카타콤베에서 발견된 체칠리아 성녀 유해를 본 떠 만

든 모형 조각상이 있다.

다시 골목을 걷다보니 성녀 아녜스 무덤 위에 세워진 성당을 만난다. 아녜스 성당은 바깥에서 잠시 바라다보고 그냥 지나친다. 젊음의 광장과 유대골목 게토를 지나 원형이 보존된 1800~2000년 된 다리 위를 지나 테베레 강을 사이에 두고 귀족들의 건물과 서민들이 살던 골목을 지나 레스토랑에서 저녁을 먹는다. 사람들이 쏟아져 나온 골목은 축제분위기다.

미카엘 신부가 마지막 전철을 타는 것을 보고 아오와 걸어서 호텔로 돌아온다. 이탈리아는 늦은 밤 시각에도 영업을 하는 바가 있다. 호텔에 돌아오니 밤 1시다.

온 리 샐러드

로마 시내 한눈에 보기에도 붐비는 식당을 찾아 들어가 자리에 앉는다.

메뉴를 들여다보고 해산물파스타와 샐러드를 주문하는데 여종업원이 온 리 샐러드냐고 묻는다.

한국식 샐러드를 떠올리며 온 리 샐러드라고 말했더니 다시 한 번 더 온 리 샐러드를 확인하고 종업원이 주문표에 적는다.

조금 후 온 리 샐러드는 그야말로 채소 이파리만 들어 있다.

기본 재료인 올리브유나 발사믹 식초도 안 들어간, 자연 그대로인 녹색 이파리만 밍밍하게 들어 있다.

올리브 기름도 방울토마토도 치즈조각도 양파와 오이도 발사
믹 식초도 없는 넓은 이파리 채소를 들여다본다. 풀을 뜯어먹는
토끼의 심정으로 녹색 이파리를 포크로 집어 먹으며 문화 차이
를 실감한다.

한국의 샐러드는 다양한 재료가 들어간다.

아몬드, 잣, 호두, 방울토마토, 치즈조각, 버섯류, 건포도, 오
이, 파프리카, 양파, 시금치, 양상추 외에 연어살이 추가되는 샐
러드도 있다.

발사믹식초와 올리브유는 기본이고 요구르트, 오렌지나 블루
베리, 키위, 자몽, 과일을 믹서기에 갈아서 소스로 뿌려준다.

채소에 올리브유와 발사믹 식초만 들어가면 된다고 다른 화
려한 내용물은 없는 게 낫다는 생각이었다.

그렇게 내츄럴한 샐러드였다면 주문할 때 신경을 더 쓸 텐데
한국 샐러드를 생각하며 주문한 불찰이다.

길 위의 인연

가브리엘 신부님은 광주교구 소속으로 로마신학대학에서 박
사과정을 마무리하고 있는 중이다. 그와는 한 번도 만난 적이 없
는 사이인데 가까운 지인의 소개로 건너, 건너 알게 된 분이다.
이번 여정에 초석을 놓아준 인연으로 로마 시내 꽃의 거리에서
처음 만났다. 그와 약속을 잡고 나서 일찍 나가 꽃의 거리 주변

베드로와 바오로가 갇혔던 로마 지하감옥

을 둘러본다. 가죽 제품을 파는 소규모 시장이 펼쳐져 있고 장신
구, 각종 치즈나 유제품, 햄, 소시지 등이 다양하게 나와 있다. 시
간이 되어 이탈리안 레스토랑 앞을 주시하며 찾아간다. 멀리서
갈색 양복 상의에 선글라스를 쓴 동양인이 서 있다. 직감으로 그
가 가브리엘 신부임을 알아본다.

　　"익스큐즈 미."

　　"안녕하십니까."

로마 지하감옥 위 성당

    그의 등 뒤에 대고 조심스럽게 확인을 하는데 그가 뒤돌아서며 한국말로 인사를 한다. 악수를 하고 그가 안내하는 대로 미리 예약한 레스토랑으로 향한다. 식당 종업원이나 호텔 청소를 하는 분에 대한 팁 문화를 많이 신경쓰느라 항상 긴장한다. 그렇지만 식당에서는 대부분 서비스료가 따로 붙어 나오는 경우가 많다. 음식값에 따라 3유로나 4유로를 빈 접시에 두고 나오기도

로마 베드로와 바오로가 갇혔던 지하감옥 벽화

한다. 호텔에서 청소하는 사람들은 대부분 히스패닉이나 아프리카 제3세계 시민이 담당하는 예를 보아온 터여서 팁은 세심하게 신경을 쓰는 편이다. 커피 한 잔 덜 마시고 청소하는 분을 위해 1유로를 놓아두는 것, 그것이 여행자의 낭만이나 우월감이 아니라 함께 사는 방법이기 때문이다. 여행자의 입장에서 1유로가 쌓이고 쌓여 경비가 늘어나면 여행 이후에 지불해야 할 부담이 커지므로 결코 낭만이 아닌 현실인 것이다.

로마 3대 커피숍에서 에스프레소를 마시고 골목을 한참 걷다가 지칠 무렵 아이스크림을 파는 가게 앞에 멈춰 선다. 긴 줄의 행렬 끝에 서서 줄이 줄어드는 짜릿함을 맛보면서 인내와 기다림의 열매인 아이스크림을 맛본다. 부드럽고 달콤한 아이스크림의 맛을 뭐로 표현할까? 악마의 혀?

오래 걸어서 다리가 아프고 갈증이 난다.

이번에도 유명한 커피점에 줄 서서 기다린다. 에스프레소를 한 잔 씩 마시다보니 수녀님과 약속한 시간이 지나 있다. 가브리엘 신부가 수녀원에 전화를 해준다. 오후 6시 30분까지 들어가겠다고 하고 한시름 놓는다.

아오와 함께 수녀회 저녁식사에 초대받아 그들과 같이 식사를 한다. 그런데? 오래 전 청원기를 같이 보낸 막달레나 수녀가 와있다. 일본에서 몇 년동안 소임을 맡았는데 잠시 관구 본원에 다니러 온 거다. 식사 도중에 이냐케 수녀가 일어나 마이크를 잡고 아오와 나를 소개한다. 내가 일어섰더니 막달레나 수녀가 같이 일어나 내 옆에 선다. 전 세계에서 모인 자매들의 시선이 우

리에게 꽂힌다. 아오는 내 뒤에 저만치 물러나 서 있다. 인도, 미국, 스페인, 필리핀, 베트남, 폴란드, 일본, 한국, 헝가리, 남아프리카공화국, 파키스탄 … 세계 80여 곳에서 그리스도를 증거하는 삶을 사는 그녀들이 모여 식사를 한다. 간간이 웃음꽃이 핀다. 한국에서 20년을 산 스페인 이냐케 수녀는 한국인이 다 되어 있다. 아오와 먹으려고 샐러드 한 접시만 담았더니 그러면 안된다며 아오 몫의 샐러드를 손수 접시에 담아 갖다 준다.

다시 돌아온 수녀원에서 하루가 저물어간다. 흰 시트, 깨끗하고 쾌적한 숙소, 흰 벽에는 프란치스코회를 상징하는 십자가가 걸려 있다.

잃어버린 시간을 되찾아서

수녀원 성당에서 성체조배를 한다.

지나간 인생이 한순간 빠르게 스쳐지나간다.

이십대는 예민하고 고민이 많은 나이였다.

이십대 중반에 다른 삶을 꿈꾸었다.

삶에의 환상성과 현실과의 괴리감에서 오는 부조화는 심신을 허약하게 만들기도 하고 병약한 섬세함과 예민성은 주위 사람들에게 상처를 입히기도 한다.

로버트 푸르스트의 '가지 않은 길',

키에르케고르의 '단독자',

마르셀 푸르스트의 '잃어버린 시간을 되찾아서'에 심취하고 매몰되기도 하며 청춘을 낭비하기도 한다.

원장 수녀의 허락으로 점심 저녁을 수녀님들과 같이 한다.

식사가 끝나고 원장수녀의 요청으로 방명록 노트를 작성한다.

예전 한솥밥을 먹던 신분으로 몇 줄 글을 쓰고 끝 부분에 다음과 같이 넣으라고 이냐케 수녀님이 옆에서 거든다.

노老수녀가 부엌을 마무리하는 가운데 옆에서 기다리는 이냐케 수녀와 막달라마리아 수녀, 아오가 신경이 쓰여 숨도 쉬지 않고 한 장을 채운다.

하느님, 찬미 영광 받으소서.

오래 전 하느님의 신부로新婦로 살고 싶었던 순간이 있었습니다.

로마수녀원초기예배당
인도, 중국에서 순교한 FMM 로마 수도회

저는 FMM으로서 프란치스칸의 정신으로 살고 싶었습니다. 하지만 하느님은 저에게 다른 길을 예비하셨습니다. 청원기간이 끝나고, 저는 제 뜻이라 생각한 그 길을 갔습니다.

긴 시간 돌고 돌아 이제 로마 관구 창립자 어머니의 영혼이 숨쉬는 수녀회에 왔습니다.

아침에 성당에서 성체조배를 하는데 짧은 순간 제 인생이 스쳐지나갔습니다. 세속에서 온갖 우여곡절을 겪으며 이제 인생의 허리를 지나는 나이에 이르렀습니다.

이십 대는 예민하고 저 자신을 바라보며 자신에 몰입하는 시간이 많았습니다.

더욱 단단하고 성숙한 인격체로 고백합니다.

하느님께서 저를 이끌어주셨구나, 하는 것을요.

로마 FMM 수녀회에서 33년 전의 이냐케 수녀님을 만나 얼마나 기쁜지요. 친정집에 온 것처럼 편안하고 푸근합니다.

수녀님들은 수녀님들대로, 저는 또 현실 속에서 각자 다른 길을 걸었지만 결국 하느님의 자녀로 이 자리에 섰습니다.

하느님, 찬미받으소서.

X Pre-novice FMM 1983 부산 Lea Yu

다음날 아침, 수녀들이 교황님을 알현하러 단체로 외출하고 남아 있던 이냐케 수녀님과 작별을 한다.

힘차게 포옹하며 아쉬운 이별을 고한다.

일생동안 여기를 기억하세요.

로카 마조레 성

일생동안 여기를 기억할 거예요.

이냐케 수녀가 말하고 내가 대답한다.

현관문 앞에서 그녀는 오래오래 미소를 띠며 배웅을 한다.

그녀는 말했다. 로마에 오면 언제든지 찾아오세요.

레아 이름을 찾으면 여기에 있어요.

내 이름이 수녀원 명부에 있다는 이냐케 수녀의 말에 가슴이 뭉클 미어진다.

'잃어버린 길을 되찾아서' 로마에 온 후 나는 '가지 않은 길'에 대해 생각한다.

노란 숲 속에 두 갈래 길이 있었습니다

두 길을 다 가보지 못하는 것을 안타깝게 생각하며 오랫동안 서서 한 쪽 길이 굽어 꺾여 내려간 곳으로 바라다 볼 수 있는 데 까지 멀리 바라다보았습니다

그러고는 똑같이 아름다운 다른 쪽 길을 택했습니다

그 길에는 풀이 우거지고 발자취도 적어 누군가 더 걸어가야 할 길처럼 보였기 때문입니다. 그 길을 걸으므로 그 길도 거의 같아질 것이지만

그날 아침 두 갈래 길에는 똑 같이 밟은 흔적이 없는 낙엽이 쌓여 있었습니다

아, 나는 다음날을 위하여 한 길은 남겨 두었습니다

하지만 길은 길로 이어지는 것이기에
내가 다시 돌아올 것을 의심하면서

먼 훗날에 나는 어디엔가 한숨을 쉬며 이야기 할 것입니다.
숲 속에 두 갈래 길이 있었다고
그리고 나는 사람이 적게 간 길을 택했노라고
그래서 모든 것이 달라졌다고

로버트 푸르스트의 '가지 않은 길'을 읊조리며 잃어버린 내 청
춘의 한 모퉁이에 기대어 서 본다.
꿈이었을까.

라떼라노 대성전

군인들의 검색을 통과하여 들어선 대성당 안에는 성인들의
조각상이 배치되어 있다. 벽면에는 성화가 걸려 있는데 그 중 한
그림에 내 시선이 집중된다. 화가는 젊은 예수, 피끓는 청춘의
예수를 표현하려 함인가. 이전 화가의 그림과 다르게 허벅지와
옆구리, 온 몸에서 근육질 남성미가 풀풀 나는 건강한 청년의 몸
을 그려낸다.

호위하는 아기 천사의 통통한 팔과 볼록하게 나온 배, 성모마
리아와 붉은 옷을 걸친 젊은 요한, 금발의 아름다운 막달라마리

아까지… 화가는 시종 건강한 인간의 아름다움을 표현한다. 건강한 아름다움은 고귀한 생명이다. 서른세 살 젊은 나이에 돌아가신 예수와 그를 따르던 젊은 제자들 모두 피끓는 청춘이었다. 정의를 부르짖으며 온몸을 던지는 것은 어느 시대나 청춘의 몫이다. 민주화의 이면에는 대학생, 젊은이들의 투신이 있었고 거기에 시민이 합세하여 이룩해낸다.

베드로를 표현한 그림에는 항상 열쇠가 있다. 바오로를 그린 그림에는 펜과 종이책 혹은 칼이 들려 있다. 성화의 배경은 어두운 암갈색 톤이 대부분을 차지한다. 그것은 르네상스 이전 그림이라는 걸 알려주는 표식이다.

작은 성당 안에서 미사가 봉헌된다. 사제가 신자들과 똑같이 벽면의 십자가를 향해 서서 미사를 집전한다. 제대가 벽에 부착되어 있기도 하지만. 2차 바티칸 공의회 이전에는 한국에서 라틴어 미사를 드리고 사제도 신자와 같은 방향으로 섰다. 공의회 이후 사제는 신자를 향해 마주보고 미사를 집전한다.

성전은 순례객들이 있지만 고요한 가운데 곳곳에 붙박인 고백성사 박스에 불이 켜져 있고 먼 나라에서 온 신부神父나 신자들이 무릎을 꿇고 신과 인간, 인간과 인간, 인간과 자연과의 화해를 하는 은총의 시간을 갖고 있다. 시공간을 초월하는 시간이다. 천장 돔과 높은 위치의 벽 창문으로 밝은 대낮의 햇빛이 들어온다.

육중한 돌문이 열려 있는 화장실 가는 복도 문이 어느 사이 닫혀 있다.

성물聖物을 파는 곳에서 수작업한 접시와 십자가를 산다. 지

천사의 성마리아성당 마당

나가는 로만칼라 신부를 붙잡고 성물에 축복을 청한다. 그분은 기꺼이 십자가와 접시에 긴 기도로 축복을 해준다. 고맙다고 인사를 하는데 미소가 환하다.

축복받은 하루의 시작이다.

약속

연휴가 이어지는 바람에 아직 약속을 지키지 못했다. 로마에서 만난 베트남수녀는 조심스럽게 한국 수녀원에 있는 베트남 청원자에게 편지를 보내고 싶어했고 내 청원기 동기 막달레나 수녀가 중간에서 나에게 부탁하기에 기꺼이 그 일을 맡았다.

막달레나 수녀가 조심스럽게 우표값 이야기를 했고 걱정 말라고 내가 한국 가면 꼭 사서 부치겠다고 약속했다. 그날 밤 막달레나 수녀가 편지와 베트남수녀가 직접 만든 묵주와 조화를 나에게 선물로 주었다.

"레아, 혹시 빨래비누 남은 것 있어? 급하게 오느라고 비누를 못챙겼네."

막달레나 수녀 말에 한국에서 갖고 가 쓰고 남은 가루비누를 비닐봉지에 꼭 봉해서 호텔마다 다니며 챙긴 일회용세숫비누 대여섯 개와 같이 있는 대로 찾아서 챙겨준다. 수도자는 가난을 몸으로, 삶으로 보여준다. 개인을 위해서는 동전 하나 쓰기가 어렵다. 통장을 지닐 수 없고 저축은 물론 할 수 없으며 개인의 소

황제가 사열받던 곳 / 테베레 강 / 로마 라떼라노 대성전의 성화

유물을 공동체에 내어놓고 필요하면 허락받아 구한다. 공적인 외출로 대중교통을 이용하면 교통비를 영수증 첨부하여 제출한다. 스스로 하느님에게 봉헌된 삶이기 때문이다.

마지막 저녁만찬 테이블에 같이 앉아 인사를 나눈 인연으로 편지 심부름을 하게 되었는데 월요일쯤 꼭 부쳐야겠다. 그날 저녁만찬 자리에는 스페인 이냐케 수녀 외에도 폴란드, 파키스탄, 막달레나, 남아프리카공화국에서 잠시 다니러 온 한국인수녀가 함께 했다. 파키스탄은 무슬림이 대부분인데 가톨릭인구가 있냐고 물었더니 있다고 대답한다.

잘 생긴 신부님들 얼굴 사진이 실린 카렌다를 사오지 않은 게 무척 아쉽다.

오랜만에 귀가한 집은 해당화와 모란이 졌고 철쭉이 간당간당 지고 있다. 감나무 이파리가 윤기를 뿜어내며 싱싱하게 자라고 있고 산머루와 들메나무 수십 그루가 죽어버렸다. 한쪽에서는 때죽나무 흰꽃이 가지에 오종종 매달려 있다.

죽음과 삶이 함께 손잡고 가는 봄날, 꽃봉오리를 밀어올리는 작약이 피기를 기다리며 먼 데 하늘을 본다. 연초록 물결이 밀려가는 산하, 그 생명의 기운에 눈이 부시다.

등잔

등잔에 불을 붙인다.

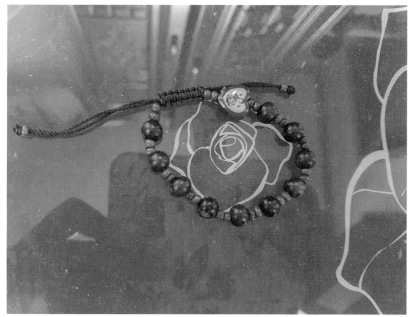
베트남수녀가 준 묵주

비 내리는 아침, 식물의 잎이 더욱 살아나
온 존재로 생명의 푸르름을 드러낸다.
열어놓은 창밖으로 바람이 분다.
커튼이 흔들린다.
등잔불이 흔들린다.
추운 날이면 히터를 틀고 등잔에 불을 붙이고
심리적인 위안을 얻기도 한다.
산탄젤로 동굴성당 조배실에서 조용히
타들어가던 등잔불이 인상깊게 뇌리에 박혀 있다.

문명의 이기에 젖어 살다가 투명 유리그릇에 박힌
하얀 심지가 기름을 빨아올리며 불을 피워 올리던
장면이 자꾸 떠오른다.
비오 신부의 지하성당에서도 그랬다.
허공에 늘어뜨려진 긴 줄 끝에 매달린 기름등잔에
젊은 사제가 불을 붙였고
불은 허공에서 노랗게 깜박였다.
비가 오거나 바람이 불면 등잔에 불을 붙인다.
한줌의 빛이 추위를 막을 수는 없지만
헛헛한 가슴을 데워줄 수는 있을 것이다.
아시시 기적의 성당 앞에서 열린 아나바다
장터에서 낡은 갈색 가방을 샀다.
누군가의 손때가 묻어 너덜거렸다.
가죽냄새가 물씬물씬 나는 묵은 가방의
디자인과 색상이 마음에 들어 10유로,
1만 2천 원에 선뜻 샀다.
낡은 가방을 펼쳐놓고 꿰맨다.
어느 구석에선가 생전에 노인이 쓰던
삼베꾸러미가 있다. 삼베의 가는 실을 뽑아
굵은 바늘로 헤지고 벌어진 끈을 꿰맨다.
가죽냄새가 물씬 난다.
비를 맞으며 숨죽인 식물들이
단아한 모습으로 자연을 받아들인다.

카르멘

피렌체에는 깊고 넓은 아르노 강이 도시를 끼고 흘러간다. 르네상스가 태동하던 시기, 피렌체는 그 중심에 서 있었다. 문학, 음악, 미술, 연극, 오페라 …많은 예술가들이 르네상스의 전성기를 맞아 예술을 꽃피웠다. 아주 오래 전 피렌체에 처음 왔을 때의 설렘과 가슴 뛰는 감정이 어쩐 일인지 이번에는 살아나지 않았다. 너무 많은 추억에 기대어 환상을 품은 탓이었다. 다빈치 가문의 소유였던 다리를 건너가는데 사람들의 혼잡에 섞여 이리저리 떠밀려다녔다. 관광객이 점령한 도시는 영혼이 없는 가면극을 보는 것 같았다.

나흘 머무는 동안 아오와 동네 한 바퀴를 돌며 뒷골목을 어슬렁거렸다. 그때 그곳에서 카르멘을 공연하는 무대를 만났다. 길에 인접해 있는 성당이었는데 의자를 뒤로 밀어내고 제단이 있던 앞쪽 공간에서 배우들이 열연을 하고 있었다. 우리는 문을 열고 들어가 입구에서 입장료를 샀다. 티켓 한 장에 60유로였다. 우리 돈으로 두 사람 몫, 14만 원을 지불하고 어두컴컴한 장막 안으로 들어갔다. 공연은 이미 시작되어 손으로 좌석을 더듬으며 중간쯤 자리에 앉았다. 희미한 조명 아래 스테인드글라스 창문의 색깔과 디자인 그림이 유난히 도드라져 보였다. 마을회관 정도의 작은 성당이었다. 비어 있는 성당을 문화 공간으로 활용하는 듯했다.

조르쥬 비제가 작곡한 카르멘은 집시 여인이 주인공이다. 군인인 호세와 사랑을 나누던 카르멘은 곧 그에게 싫증을 느끼고

고대유적

투우사에게 마음을 빼앗긴다. 카르멘의 마음을 돌리려고 노력하던 호세는 도망치려는 카르멘을 단도로 찔러죽이고 그녀 시신 앞에서 절규한다. 그리고는 호세도 스스로 목숨을 끊는다. 배경은 스페인 남부 지역이며 초연은 프랑스에서 했지만 관객의 호응을 받지는 못했다. 비제는 자신의 분신인 작품의 영광을 맛보지 못하고 서른일곱 살, 이른 나이에 죽어버린다.

허름한 성당, 먼지 낀 커튼과 계단, 아무렇게나 쌓여 있는 의자들, 우중충한 실내에서 유난히 돋보이는 장면은 카르멘이 입은 붉은 의상이었다. 팜므파탈의 요소를 지닌 카르멘은 욕망에 충실한, 치명적인 매력의 소유자다. 자신의 인생 뿐만 아니라 그녀를 둘러싼 사람들을 파멸에 이르게 하는, 본능에 충실한 캐릭터다.

팔 년 전인가, 서초동 예술의 전당에서 카르멘 공연이 있을 때 비싼 티켓을 구매하고 공연을 보러 간 기억이 생생하다. 저녁의 기후는 약간 쌀쌀했다. 그날 따라 감기몸살로 온 몸에 근육통이 일어나고 어지럼증세가 있어서 공연에 집중하기가 어려웠다. 독한 약기운도 한 몫 한 터였다. 1막이 끝나기도 전에 일어나야 했는데 티켓 값도 아깝고 무엇보다 아오에게 미안했다. 그런 안타까움이 있었는데 피렌체에서 카르멘 공연을 보게 될 줄이야.

낯선 일본인

떼르미니역 근처 호텔에 숙소를 정하고 식당을 찾아 나섰다.

노점상이 즐비한 도로변에 위치한 평범한 식당인데 간단한 요기가 필요했다. 파스타와 생수를 한 병 시키고 앉아 있는데 종업원이 걸레포로 바닥을 열심히 닦았다. 내가 앉아 있는 식탁 주변에서 계속 걸레질을 해서 기분이 언짢아 매니저를 불렀다. 나중에 닦으라고 먼지가 일어난다고, 중동계 아랍 남자처럼 턱수염이 무성한 매니저 남자가 웃으면서 알았다고 한다.

음식은 나오지 않고 지루한 시간이 흘러가는데 이번에는 방향제인지 모기향인지 허공에 대고 뿌려대기 시작했다. 싸구려 향이 지독하게 났다. 사람이 앉아 있건 말건 그냥 방향제를 뿌려대는데 두통이 왔다. 음식을 다먹고 카운터에서 카드로 계산을 하려는데 옆에서 아오가 영수증 확인하고 카드를 주라고 말했다. 영수증에는 시키지도 않은 음료값 8유로가 찍혀 있었다. 매니저는 실수로 8유로가 찍혔다며 계산서를 다시 뽑아주었다. 눈 뜨고 코 베어갈 세상이었다.

광장 안에 있는 버스 정류장에서 시내로 가려는 노선을 찾다가 같은 자리를 계속 서성거렸다. 이태리어와 영어는 뿌리가 같아서인지 안내 표지판을 보고 목적지를 갈 수 있었다. 지도를 들고 버스 번호와 안내 표지판을 계속 확인하는데 배낭을 멘 아시아계 남자가 다가왔다. 그의 손에는 지도책이 들려 있었다. 그가 일본어로 말을 했지만 알아 들을 수가 없었다. 여고 때 제 2외국어가 일본어였는데 그때 좀 더 공부를 해둘 걸 후회가 밀려왔다. 안내 표지판을 일본인 남자가 손으로 가리켰다. 그가 영문자 N을 가리키며 나이트, 나이트라고 강조했다. 그 순간 알아챘다.

밤에만 운행하는 버스 주위를 계속 맴돌았다는 것을. 일본인 남자가 손가락으로 멀리 서 있는 버스를 가리켰는데 그곳에 우리가 찾는 번호의 버스가 대기하고 있었다. 고맙다고 인사를 하고는 이름도 물어보지 못했다.

여행 중에는 뜻하지 않게 도움을 받는 일이 생긴다. 오래 전 일본의 기타큐슈에서 일행과 헤어져 혼자 유적지를 찾아 돌아다니던 일이 있었다. 일본은 한자권이라 표지판이나 도로 바닥에 한자로 표기가 되어 있어서 잘 살피면 길을 찾아갈 수가 있다고 자신하던 터였다. 혼자 길을 따라 천천히 걷는데 막막했다. 그때 일 관계로 안내를 맡았던 일본인 공무원을 그야말로 우연히 길 한복판에서 만났다. 그가 시간이 있다고 안내를 자처했다. 고쿠라 성에서 그는 밑에서 기다리고 혼자 입장료를 구매하여 성 내부를 둘러볼 수 있었다. 유물과 전통 의상 등을 전시해놓았는데 평범했다. 정원에는 동백꽃이 붉게 피어 있었고 연못에는 붉은 잉어가 노닐었다. 일본의 건축양식은 정원을 신경 쓰는 듯했다. 조선시대의 양반 가옥처럼 연못과 나무, 돌, 화단의 식물 등은 가꾼 흔적이 보였다. 그날 일본인 공무원과 우동을 먹었다. 튀김과 쑥갓, 유부 등이 면과 같이 나왔고 국물은 약간 느끼했다. 양이 많아 남겼다. 그와 헤어지고 다시 혼자 시장을 가로질러 허름한 선술집 앞에서 엔카를 부르는 노인의 목소리를 들었던 기억이 난다. 엔카의 구성진 목소리와 음률이 귀에 아련하게 남아 있다.

떼르미니역은 로마의 중앙역이다. 한국으로 보면 서울역 쯤된다. 로마에 머무르는 동안 떼르미니 역을 여러 번 이용했다.

역 광장에는 버스정류장이 있다. 시내로 나가는 버스를 타고 베네치아 광장 그 근처에 내려 뒷골목의 옷가게를 기웃거렸다. 날이 더워져서 얇은 옷이 필요했다. 중년 여성이 운영하는 서너 평 규모의 옷가게에서 파란 남방셔츠를 사서 여행 내내 그 옷을 입고 다녔다. 여행 끝무렵 같은 종류의 옷을 하나 더 사려고 다시 들렀더니 눈여겨 보았던 카키색 계열의 남방이 이미 팔리고 없었다.

산타 마리아 마조레 대성당을 밖에서 눈으로만 보고 백 주년 기념탑을 바라보면서 그 주변을 몇 시간 동안 돌아다녔다.

꽃의 도시 피렌체

풍요로운 예술과 작은 언덕들, 성당과 박물관, 아르노 강을 이어주는 매혹적인 다리를 가진 피렌체는 수많은 천재들을 품어주고 길러낸 도시이다. 중세 유럽에서 처음으로 인간의 의지와 인간의 뜻이 예술 작품으로 발현되는 단초를 제공하는 곳이 피렌체이며 미켈란젤로, 도나첼로, 레오나르도 다빈치, 단테, 갈릴레오 갈릴레이, 마키아벨리, 지오또, 기베르띠 등의 예술가들이 남긴 작품들이 지금도 남아 현대와 중세를 이어주고 있다.

중세는 신의 목소리와 신의 뜻이 인간의 전 생애를 주관하고 있던 시기다. 절대자의 뜻을 좇아 살아야하는 그 틈새에 본격적인 인간정신이 표출되기 시작하는데 그것은 예술작품에서 시작

된다. 신에게 바쳐지는 근엄한 태도와 찬사에 머무르던 회화와 조각에서 인간의 슬픔과 고통, 실존적 고독과 불안이 표출되기 시작하면서 활발한 예술활동이 전개된다. 피렌체의 피에타(비탄) 작품에서 미켈란젤로는 예수의 시신을 안고 있는 니고데모 역에 자신의 얼굴을 만들어넣는다. 슬픔과 상실과 비탄에 잠긴 조각상은 바티칸 베드로 성전 안에 있는 그의 또 다른 〈피에타의 성모〉처럼 고통에 찬 인간의 슬픔을 잘 표현하고 있다.

그 중심에 메디치가문이 버티고 있다. 가난한 예술가의 작품을 구매하고 작품 활동을 할 수 있도록 후원한 메디치가는 금융업(환전)과 상업, 무역을 통해 엄청난 수익을 창출하며 정치와 종교, 예술과 과학 전반에 영향력을 갖게 된다.

왕정시대에 세워진 유럽의 광장은 아주 매력적인 공간으로서 시민 민주주의가 싹트는 계기를 마련해준다. 베네치아의 산 마르코 광장처럼 웅장하지는 않으나 페렌체에도 크고 작은 광장이 자리한다. 박물관의 수만큼이나 많은 광장에서 시민들은 자유로운 영혼을 꿈꾸고 대중 예술을 발전시켰으며 시민정신을 구현한다.

광장은 소통과 공감의 장소다. 광장은 자유로 향하는 출구이며 세계를 바라보는 잣대가 되어주는 곳이다. 광장에 모여 사람들은 음악극을 하고 정치를 비판하고 삶의 비루함을 토로하며 다시 자신의 자리로 돌아간다. 그 광장을 중심으로 무수한 골목이 이어지고 뻗어나간다. 골목 끝에는 사람들의 아기자기한 삶이 살아 숨 쉰다. 피렌체의 뒷골목에는 이름 없는 장인들이 가죽제품과 유리공예, 도자기를 만들며 긴 시간 살아왔고 살아간다.

가죽피혁제품을 가공하는 사람들과 그 가죽으로 구두와 가방, 벨트를 만드는 사람들이 살아간다. 중세시대부터 가문에 가문을 이어 내려온 가죽제품은 부드럽고 섬세하며 결이 곱다. 얼마나 손길이 많이 갔는지 두께는 얇고 손끝에 닿는 촉감은 오리털이나 토끼털을 만지는 느낌이 난다. 결코 비싸지도 그렇다고 싸다고 볼 수 없는 가죽제품이 이어지기까지 오랜 시간 인내와 기다림으로 시간과 싸워온 장인이 있다.

중세는 신의 시간이었다. 신에게 반하는 어떠한 것도 허용되지 않는 시대에 인간의 반항과 저항이 싹트기 시작하고 그것은 과학과 예술로 드러난다. 갈릴레이 갈릴레오는 피사 출신이지만 피렌체로 도망쳐 온 인물이다. 공사 도중에 기울어지는 탑을 그대로 완공 시킨 피사의 탑에서 자유낙하 실험을 하고 지구가 돈다고 떠들다가 화형대에 설 위기에 처하지만 오랜 친구인 추기경이 나서서 종교재판으로부터 경고 수준으로 방면된다. 감옥에서 나오며 "그래도 지구는 돈다"고 설파하고는 피렌체로 가버린다. 갈릴레이 사후 피사와 피렌체가 그의 무덤을 조성하고는 서로 소유권을 주장한다. 현재 피렌체에는 갈릴레이 갈릴레오의 빈 무덤이 있다.

대리석과 석조 건축물의 크고 작은 성당들, 성당 지하에 잠들어 있는 영혼들의 도시, 피렌체는 꽃의 도시로 불릴만큼 붉은 지붕들과 도시를 관통하는 아르노 강과 대리석 건축물이 혼합된 아름다운 도시다. 박물관에 보관된 수많은 그림과 조각품은 한때 예술과 르네상스를 꽃 피운 도시답게 풍요로운 이미지로 다가온다. 대리석 산지가 널려 있는 이탈리아의 도시들은 자신들의 대지에서 난 대리석으로 인류의 위대한 예술작품을 남긴다. 희거나 붉은, 혹은 녹색과 장미색의 대리석을 가다듬으며 조각가들은 얼마나 많은 표정과 혼을 담으려 노력했을지 다만 짐작할 뿐이다. 조각품들이 수목과 분수와 어우러져 도시는 자유를 꿈꾸는 영혼들의 피난처가 된다.

무엇보다도 피렌체에서 활동한 예술가들은 인간의 목소리를 대변하고 인간의 영혼을 담으려 시도했다는 점이다. 신의 잣대가 아닌 인간의 잣대로 판단하고 의심하고 고뇌하는 모습이야말로 르네상스의 시발점이자 신 중심에서 인간 중심의 문화로 이동하고 있음을 보여준다.

카르미네 성당은 아르노 강변 왼쪽에 자리한, 신앙을 위한 성전이며 동시에 예술의 전당이기도 하다. 성당 내부 브란카치 소성당에는 마사치오의 프레스코화가 보존되어 있다. 낙원에서 추방당하는 아담과 이브의 그림은 "진실된 시각에 충실"한 절대적 현실주의를 묘사함으로써 전 서양의 화가들뿐 아니라 미켈란젤로에게 그의 최고의 그림을 그리게 하는 동기를 부여하게 된다. 마사치오는 고도의 작업기술을 통해 〈아담과 이브의 실낙원〉에서 전라의 모습으로 낙원을 떠나는 아담과 이브의 모습을 그려낸다. 두 손으로 얼굴을 가린 아담과 오른 손은 두 가슴을, 왼손은 배 아랫부분을 가린 이브의 일그러진 모습은 낙원을 잃어버린 인간의 고통을 극대화해 보여준다.

어쩌면 인간은 낙원에 대한 기억 때문에 평생 방황하는 존재가 아닐까. 성서설화에 의하면 부족함도 없고 모자람도 없는, 모든 것이 갖춰진 낙원에서 살던 최초의 남녀가 금기를 깬 죄로 추방당하는 이야기가 나온다. 그 이야기는 아담과 이브의 원죄로서 인간은 누구나 그 원죄로부터 자유로울 수가 없다는 내용이다. 원죄의 대가로 인간은 노동과 수고를 통해 삶을 이어가지만 실낱 같은 먼 기억의 내부에 존재하는 낙원에 대한 기억으로 평생을 방랑할 수밖에 없는 업을 짊어진 존재가 된다.

하얀 대리석 건물로 지어진 피사의 사탑을 배경으로 푸른 하늘과 초록 잔디밭과 밝고 투명한 남부의 햇살이 가득 쏟아졌다. 햇볕이 흰 대리석 건물에 부딪쳤다가 튕겨져 나가며 눈부신 빛을 분사했고 그 빛을 받은 초록 잔디는 싱싱하게 피어났다. 물오른 초록 잔디에 드러누워 햇볕을 즐기는 사람들의 시선 속으로 파란 하늘빛과 기우뚱 기울어진 흰 대리석건물이 들어와 박혔다. 피사의 사탑 옆으로 갈릴레이 갈릴레오의 저울이 보관된 성당이 공사 중인 채로 사람들의 발길을 붙잡아두고 있다.

꽃의 도시 피렌체.

한 도시가 천 년을 이어져오려면 얼마나 많은 시련을 지나와야 할까. 전해오는 이야기에 의하면 적이 침공해 왔을 때 도시를 다스리던 왕은 백성들을 살려주는 조건으로 스스로 목숨을 내던졌다는 이야기가 있다. 이렇게 보존된 피렌체는 그림과 조각과 건축물, 그리고 그 안에서 살아가는 사람들의 장인 정신이 어우러져 유리공예뿐만 아니라 전 세계에 가죽제품이 알려지게 되었다. 가문의 이름을 내어걸고 만드는 가죽제품 가게들이 도열해 있는 뒷골목에는 몰려온 관광객들이 줄을 서서 차례를 기다린다.

이와 비슷한 이야기로 이차 대전 당시 나치의 침공으로 결사 항전을 불사했던 폴란드는 유적의 대부분이 파괴된다. 반면에 체코는 나치의 포격에 시청 기왓장이 날아가자 놀라서 항복을 했다고 하는데 그 바람에 귀중한 유산이 보존되고 현재 체코는 조상들이 남긴 문화유적으로 관광수입을 올리는 나라 중 하나가 되었다. 역사의 아이러니를 보는 듯하다.

우리는 물질의 풍요 속에 정신의 빈곤을 살고 있다. 얼마 전에 상표에 민감한 어떤 작가를 만난 적이 있다. 옷을 사거나 구두를 사거나 그는 상표를 중요하게 생각하는 경향이 있었다. 기십만 원씩 하는 물건을 싸게 샀다고, 저렴하다고 평가하는 그 작가를 보며 피렌체의 가난한 예술가들을 떠올린다. 자유로운 정신, 자유로운 영혼을 꿈꾸는 르네상스 시대가 필요한 시점이다. 세속의 욕망으로부터 자유로울 수는 없지만 물질이 인간의 영혼을 지배한다면 또 다른 신을 숭배하는 것과 같다고 본다. 풍족한 물질과 부유한 삶, 편리하고 쾌적한 삶의 양식에 길들여져 살다 보니 어느 사이 꿈꾸기를, 자유롭기를 포기한 것이 아닌가 싶어질 때가 있다. 신 르네상스는 물질로부터의 자유에서 시작되지 않을까, 조심스럽게 진단해본다.

프란치스코

아시시에 머무는 동안 프란치스코라는 인물에 대해 좀 더 많은 것들을 알 수 있었다. 유복한 환경, 인자한 어머니, 친구들…… 무엇 하나 부족함이 없는 그는 돌연 지금까지 살아오던 방향과는 전혀 다른 길을 간다. 물질적인 풍요로움 속에서 온갖 방종과 자유로움을 누리던 그는 속(俗)의 세계를 떠나 성(聖)의 세계로 나아간다.

주홍, 분홍, 흰색의 지붕들, 아시시의 밝고 화사한 날씨와 붉은색 톤의 건물에 봄볕이 쏟아지고 있었다. 부모님과 어린 시절을 보낸 생가와 세례 받은 성당과 그의 본거지였던 골목과 너른 들이 고스란히 남아 여행자의 발길을 붙잡았다. 스무 살에 이웃 도시와의 싸움으로 전쟁 포로가 되었던 프란치스코는 스물두 살에 다시 기사 복장을 하고 싸우러 떠난 전장터에서 신의 계시를 받는다.

"프란치스코, 가서 쓰러져 가는 나의 교회를 다시 일으켜라."

그는 말머리를 돌려 전쟁의 한복판에서 돌아오지만 사람들의 따가운 시선을 받는다. 그럼에도 그는 아랑곳하지 않고 다미아노 성당의 무너진 담을 보수하고 낡은 성당을 일으켜세우는데 혼신을 다한다. 수바시오 산중턱 동굴에서 살다시피하던 프란치스코는 때때로 안락한 아버지의 집과 로카 마조레 성 언덕에 핀 금작화를 떠올린다. 그는 성 다미아노 성당 제대 앞에 무릎을 꿇는다. 그리고 십자가에서 울려나오는 목소리를 듣는다.

이른 아침 아오와 함께 다미아노 성당을 향해 경사진 길을 오르는데 미사를 끝낸 수녀들이 삼삼오오 길을 따라 내려오고 있었다. 방금 미사가 끝나 휭하니 빈 성당에 들어가 돌바닥을 조

프란치스코 동상

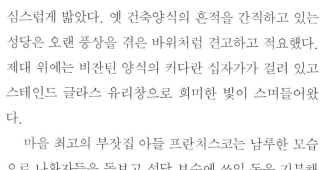

심스럽게 밟았다. 옛 건축양식의 흔적을 간직하고 있는 성당은 오랜 풍상을 겪은 바위처럼 견고하고 적요했다. 제대 위에는 비잔틴 양식의 커다란 십자가가 걸려 있고 스테인드 글라스 유리창으로 희미한 빛이 스며들어왔다.

마을 최고의 부잣집 아들 프란치스코는 남루한 모습으로 나환자들을 돌보고 성당 보수에 쓰일 돈을 기부해 달라며 골목을 헤매어 다녔다. 부와 명성과 안락한 삶을 향유하던 청년이 거지꼴로 사람들에게 손을 벌리는 현상은 아버지의 분노를 사게 되고 결국 그는 아버지에게 먹살을 잡혀 주교에게 끌려가 그곳에서 독립을 선언한다. 입고 있던 옷마저 벗어 아버지에게 내어주고 그는 고난의 길을 걷는다. 이후 그를 따르는 몇몇 청년들과 수도공동체를 설립하고 평생 독신을 지키며 가난하게 살아간다.

로마 베드로의 도시를 향해 길을 떠난 프란치스코와 형제들은 교황 인노첸시오 3세를 만난다. 그 전날 꿈속에서 쓰러져 가는 라떼라노 성전을 두 어깨로 떠받치는 거지를 본 인노첸시오 3세는 프란치스코를 만나는 순간 그가 꿈속의 그 거지임을 알아본다. 이로써 수도공동체는 더욱 단단한 뿌리를 내리며 청년들이 찾아오는데 마을의 귀족 처녀 클라라의 동참은 이후 프란치스코의 생애에서 기쁨과 위로의 수도가족이 된다.

천사의 성모 마리아 성당은 움브리아 들판 한가운데 세워져 있다. 클라라는 천사의 성모 마리아 소성당에서 자신을 봉헌하는 서원식을 한다.

"저의 소망은 주 예수 그리스도 오직 한 분이십니다. 복음에 따라 아무것도 소유하지 않고 정결을 지키며 살아갈 것을 약속합니다."

귀도 주교는 성 다미아노 성당을 클라라와 그녀의 자매들에게 내어주는데 그곳에서 클라라는 수도회원들과 살다가 숨을 거둔다.

천사의 성모 마리아 성당에는 프란치스코의 장미에 관한 이야기가 전해진다. 프란치스코는 청빈과 정결을 지키는 독신 수도자였지만 아직 혈기왕성한 청년이었다. 그는 때때로 끓어오르는 욕정을 견디기 위해 장미가시밭을 뒹굴었다. 온몸에 가시가 박혀 고통스러운 가운데 그는 육신의 고통을 신께 봉헌한다. 그러자 화원의 모든 장미에 가시가 없어졌다고 전한다. 이 사건을 보고 사람들이 천사의 성모마리아 성당 장미를 다른 곳으로 옮겨 심었더니 그곳에서는 가시가 돋았다는 이야기가 지금도 전해지고 있다.

천사의 성모 마리아 성당 화원에는 지금도 장미나무가 있다. 울타리로 둘러쳐져 있어서 가까이 갈 수 없었지만 장미나무를 바라보며 한 성인의 발자취를 생각했다. 그는 예수의 고통에 동참하려 했고 그의 간절한 기도는 오상(예수의 다섯가지 상처)이라는 응답으로 돌아온다.

그는 평생 나환자와 병자들, 가난한 이웃을 위해 살다가 천사의 성모마리아 성당에서 눈을 감는다. 아시시 수녀원 숙소에서 나흘을 머물며 프란치스코가 살았던 생가와 그가 세례 받았던 성당, 죽음을 맞은 성당과 골목을 다니면서 그의 숨결을 느껴본 시간이었다.

출처 : 『성프란치스코의 여행과 꿈』, 머레이 보도 지음, 홍윤숙 옮김

베니스

세익스피어의 희곡 '베니스의 상인'은 고리대금업자인 샤일록과 지혜로운 여성인 포샤의 에피소드로 유명하다. 작가는 작품 속에서 샤일록의 이미지를 부정적인 시선으로 그리는데 이는 그 시대 유대인에 대한 서구인의 인식을 엿볼 수 있게 한다. 베니스 법정에서의 안토니오와 샤일록의 재판은 인간의 어리석음을 드러내는 풍자적 요소로 비춰진다. '1 파운드의 살'을 두고 벌어지는 법의 논리는 유대인의 속물근성과 수전노를 부각시키는 기독교인의 승리로 보이는 듯하지만 세익스피어가 의도한 것은 기독교인의 겉으로 보여지는 자비 뒤에 숨겨진 위선을 드러내고 있다.

이태리에 다시 올 때는 베네치아와 피렌체를 염두에 두었다. 피렌체는 마음 속 염원을 이루었지만 베네치아는 다시 가지 못했다. 일정과 시간이 맞지 않아서이기도 했고 너무 많은 인파에 질려버려서 두 번 방문하기에는 고민을 하게 되는 공간이다. 오

래 전에 갔던 베니스의 기억, 그 흔적을 더듬어본다.

베니스는 문화와 예술의 도시이다. 석조건물 사이로 굽이치는 물결, 건물과 건물 사이로 수로를 따라 떠다니는 곤돌라, 산마르코 광장과 성당의 첨탑은 물의 도시 베니스를 떠올리게 하는 요소들이다. 이민족의 침략으로부터 살아남기 위해 침략자 세력으로부터 밀리고 밀리며 물위에 세워진 도시는 요새와 다름없다.

르네상스와 비잔틴 양식의 오래된 석조 건축물을 보며 물위를 가로지르면 하늘과 바다의 경계가 흐릿해진다. 많은 배들이 곡예를 하듯 물결을 가르고 푸른 파도가 결을 이루며 밀려오고 밀려가는 베니스는 물 위에 떠있는 마을 풍경이 환상을 자아낸다. 영화 속에서 보여주는 베니스는 여행자에게 낭만과 환상을 심어주기에 적절한 장소다. 영화에서는 곤돌라를 모는 멋진 청년이 오페라 아리아를 부르는 장면이 나온다. 베니스에서 곤돌라를 탔을 때 영화 속의 한 장면을 은근히 기대한 건 사실이다. 내가 탄 곤돌라 선장은 배가 둥그렇게 튀어나오고 머리카락은 오래도록 감지 않아 부스스하며 술에 찌든 불쾌한 얼굴의 노인이었다. 그는 무뚝뚝한 태도로 노래를 불러달라는 요구에도 묵묵부답 옆 곤돌라의 동료와 농담을 나누었다. 내가 탄 곤돌라 옆으로 한국인 관광객으로 보이는 단체 여행자 사이에서 아리랑 합창이 울려 퍼졌다. 노젓는 소리와 물결이 뱃전에 부딪치는 소리, 아리랑의 멜로디가 한데 어울려 묘한 화음을 이루었다. 아리랑 합창 배가 지나갈 때 나는 손뼉을 쳤다.

좁은 골목의 수로를 따라 배가 이동할 때 건물 실내가 훤히 들어다보였다. 식탁위에 덮인 흰 식탁보, 레이스 커튼, 화병이 정물화처럼 눈앞을 스쳐 지나갔다. 돌벽에는 초록색 이끼가 끼어 있고 어느 집 담에는 월세를 놓는다는 종이가 나부꼈다. 어쩌면 다른 내용이었는지도 모르겠다. 배에서 내려 월세를 놓는지 얼마나 받는지 확인하고 싶은 유혹을 꾹꾹 눌러 참았다. 물의 도시에서 한 석 달 아무것도 안하고 물위에 흔들리며 살아보는 것도 괜찮을 것 같았다.

전 세계에서 몰려 온 사람들로 혼잡한 산마르코광장에서 인파에 밀려 이리 저리 떠밀려 다니다가 노점에서 빨간 목도리를 하나 샀다. 빨간 목도리를 아오 목에 걸어주었다.

밀라노

밀라노에는 세계 3대 극장 중 하나인 스칼라극장이 있다. 밀라노대성당 주변에 있는 그 건물에 아오와 같이 들어섰을 때는 해가 저물어갈 무렵이었다. 혹시 저녁이나 밤 시간에 공연이 있으면 봐야겠다는, 야무진 생각을 안고 들어갔는데 유럽 공연문화를 모르는 순진한 생각이었음을 금세 알게 되었다. 친절하게도 벽에는 예매 시간이 적혀 있었는데 몇몇 유명한 오페라나 콘서트는 이삼 년 뒤의 공연까지 예매가 끝나 있었다.

토스카니니가 1928년 푸치니의 '나비부인'을 초연한 이래 성악가라면 누구나 그 무대에 서기를 희망했을 것이다. 꿈의 무대에 서기가 쉽지 않듯 우연히 지나가던 여행객의 낭만이 그렇게 쉽게 통할 리 없을 것이었다.

그 일 이후 한국에 돌아와 예술의 전당 사이트에서 연말 공연을 조회하기 시작했다. 그 해의 공연은 거의 다 매진이 되었고 일 년 뒤 공연을 예매할 수 있었다. 일 년 후에 정명훈이 지휘하는 오케스트라 공연을 두 장 예매하고는 얼마나 뿌듯하던지, 마치 문화인이 된 듯한, 밀라노 스칼라 극장에서 헛걸음한 보상을 받는 기분이었다.

그 이후 남산 국립극장에서 하는 연말 공연은 미리 예매를 하고 해마다 찾았다. 12월 31일 밤 10시. 정통 클래식이 아닌 크로스오버나 가벼운 분위기의 공연이 끝나면 밤하늘에 울려 퍼지는 축포소리를 따라 사람들이 계단이나 복도로 몰려나왔다. 남빛 하늘 가득 수놓아지던 불꽃 향연, 사람들의 환호성, 그 시각 보신각 종소리가 세상을 밝히고…… 환한 불꽃으로 한 해를 마무리하는 풍경도 지방으로 오면서 추억이 되어버렸다.

작가의 말

누구나 살다보면 가지 않은 길이 있다. 잃어버린 시간을 되찾아서 이태리에 다녀온 지 삼 년이 지났다. 지나간 시간을 회고하며 작은 기록으로 남기려는데 전염병이 세계를 돌았다. 특히 피렌체의 소식은 암울했다. 하나하나 추억을 복기하는데 들려온 소식은 참담했다.

그 곳을 다녀올 적만 하더라도 예술과 고대 유적과 열정이 있는 사람들이 살던 곳이었다. 이태리는 기본적으로 사람들의 피가 뜨겁다. 오랜 역사와 문화유적은 잘 보존되어 있고 건물은 아름답다. 그때나 지금이나 가는 곳마다 세계에서 몰려 온 사람들로 혼잡했다. 특히 중국인 관광객이 많았다. 정월 중순에 출국해서 말일쯤 돌아온 후배는 바티칸미술관에 중국인 관광객이 넘쳐나서 못들어갔다고, 돌아올 때는 급하게 쫓기듯이 왔다고 전해줬다. 가이드는 버스에서 내리지 못하게 했고 먼발치에서 바티칸미술관의 지붕만 쳐다보고 중국인 단체관광객만 바라보다가 돌아왔다는 소식, 직항이 없어서 돌고돌아 중국을 거쳐 들어왔다는 소식을 들려줬다.

고대 유적 위에 뿌리내리고 살아가는 그들, 레스토랑이나 기념품 가게에서 몰려오는 손님들을 상대로 물건을 파는 사람들,

오래된 도시를 보수하는 일꾼들, 아프리카에서 온 난민 청년들…… 어딜 가나 삶의 현장에서 치열하게 살아가던 그들의 성실함이 엿보였는데 그들은 이제 보이지 않는 적과의 싸움 한복판에 있다. 잘 생긴 백인 청년이 앞치마를 두르고 커피 서빙을 하고 음식 접시를 나르던 장면이 눈에 선하다. 사실 서구 백인들은 다른 인종에 대해 우월의식이 있다. 세계사는 서구 백인의 시점으로 서술되고 아시아는 인정하지 않으려는 의식이 깔려 있다. 잘생긴 이태리 청년의 서빙을 받으며 속으로 은근히 우쭐하는 기분이 들기도 했다. 자본의 힘이란 이런 것인가. 우리가 이제 먹고살만해져서 외국을 가고 그들 나라에 돈을 쓰면서 어릴 적에는 꿈도 꿀 수 없던 상황이 벌어지고 있는 것이다.

중세 시대 유럽을 휩쓸고 지나간 흑사병, 근·현대에 들어와서 스페인독감으로 또 많은 사람들이 죽었다. 이제 전염병은 어느 한 국가가 아닌 세계 모든 이들이 함께 맞닥뜨려야 하는 과제가 되어버렸다. 삶의 긴 여로에서 잠시 머물렀던 이국의 어느 도시 이야기를 다시 기억하려는 내 가슴을 쿵 하고 무거운 바윗덩이가 때리듯이 지나간다. 삶과 죽음이 왔다갔다 하는데 여행을 이야기하고 낭만을 끄집어내어 복기하기에는 너무 엄혹한 시간이다. 삶과 죽음 앞에 감히 인권을 말하기에는 '생명'이라는, 살아야한다는 절대과제 앞에 모든 것들은 무위에 지나지 않으리라. 인류는 지금 또 하나의 시련 앞에 놓여 있다. 그 모든 위기를 지나 오늘에 이른 우리 인간정신은 삶의 엄중함을 인식하며 더 높은 세계, 영혼의 지평을 넓혀줄 세상 너머로 시선을 향한다.

한때 수도자로 살고 싶어 청원기를 보낸 수도회 로마 본원에서 머물던 시간은 나에게 설렘과 기쁨을 안겨주었다. 삼십 년이 지나 만난 스페인 수녀님과 동기 막달레나 수녀와의 만남도 잊을 수 없는 추억으로 살아가는 내내 기억될 것이다.

이태리 남동부와 중부에서의 시간들이 가물가물 피어오른다. 로마에서 만난 광주신학대 김 가브리엘 신부님, 안식년 중에 만난 부산신학대 미카엘 신부님께 감사드리며 처음부터 끝까지 신의 가호 아래 있었음을 조심스레 고백해본다.

남편 아오스딩과는 걷기를 통해 더 단단해졌다. 지리산둘레길, 외씨버선길, 소백산자락길을 그와 함께 걸으며 우리는 생에 대해 겸허해지고 낮아지는 법을 배웠다. 이태리 여정 중에 동행한 아오스딩과는 앞으로도 오래, 멀리 걸을 것만 같은 예감이 든다. 사진 기행 산문집을 리토피아에 연재함과 이 책을 발간해준 리토피아 장종권 대표님, 편집을 맡아 고생해준 박하리 편집장님께 고마움을 전한다.

2020, 가을 덕천강변 自安堂에서